だから私は、明日のきみを描く

汐見夏衛

STARTS
スターツ出版株式会社

真っ青に澄んだ空を、誰よりも自由に美しく跳《と》ぶ姿に、一瞬で恋をした。

でも、好きになってはいけない人だった。

分かっているのに、諦めきれない。
生まれて初めての、どうしようもない〝好き〟だった。

こんなに、こんなに大切なのに、どうして私はあなたを傷つけてしまうんだろう。
こんなに、こんなに好きなのに、どうして私は君の隣にいられないんだろう。

彼と出会って私は、友情の苦しさと、恋の痛みを知った。

目次

だから私は、明日のきみを描く

だから私は、明日のきみを描く

プロローグ

その瞬間、恋に落ちた。

次の瞬間、恋が終わった。


――なんてきれいに空を跳ぶんだろう。

彼を初めて見たとき、私はそう思った。

それはとてもよく晴れた日で、私が見つめていた真っ青な大空に、彼はひらりと現れたのだった。

しなやかに宙を舞い、そのまま空へ溶《と》けてしまいそうに見えた。

私は息を呑《の》んだ。

この人は、なんて軽やかに宙を舞うのだろう。

こんなに美しく、自由に、空を跳ぶことができる人間がいるなんて。

その瞬間、恋に落ちた。

でも、次の瞬間には、その恋は終わった。

『あれがね、私の好きな人』

私の隣に立ち、彼の姿を真っすぐに見つめながら、頬《ほお》を赤らめて恥ずかしそうに笑う彼女の言葉を聞いてしまったから。

私の恋は、生まれたと同時に消えた。

しゃぼん玉のように弾《はじ》けて、空へ溶けて消えた。

それでよかった。

私にとっていちばん大切なのは、彼女だから。

そっと、恋が終わる

「遠子《とおこ》、自販機一緒に行こ」

教科書を鞄《かばん》に入れて帰り支度をしていたら、遥《はるか》が近づいてきた。いつものメンバー、香奈《かな》と菜々美《ななみ》も後ろに立っている。

私は「うん」とうなずいて席を立った。

放課後の喧騒《けんそう》の中を歩き、生徒玄関の階段を下りてしばらく行ったところにある自動販売機に向かう。

階段の先にはグラウンドがあって、すでに部活が始まっていた。野球部、サッカー部、テニス部、そして陸上部。それぞれの部員たちが練習の道具の準備や、ウォーミングアップをしている。

とくに飲みたいものはなかったけれど、私だけ買わないわけにもいかないので、紙パックのフルーツミルクを選んだ。

「あ。遠子、またいつものやつ買ってる。好きだねえ、ほんと」

遥がにこにこしながら顔を寄せてきたので、私は「まあね」と笑った。

「それ、そんなに美味《おい》しいの？」

遥はいちごミルクのパックにストローを刺しながら首を傾《かし》げる。その動きに合わせて、つやのある長い髪がさらりと揺れた。色素が薄くて柔《やわ》らかそうな、きれいな髪だ。

「うーん……普通、かな」

「ええ？　普通なの？　じゃあなんでいつもそれ選ぶわけ？」

「なんとなく、気になるっていうか」

なにそれ、と香奈と菜々美がおかしそうに笑った。

味が好きなわけではなくて、パッケージの色の組み合わせと、果物のイラストが醸《かも》しだす雰囲気が好きなのだ。でも、そんな理由で飲み物を選ぶのは変だと彼女たちに笑われそうだから、なにも言わない。

私たちはグラウンドの横を通って、教室棟に戻る階段へと向かう。前を歩く遥は、目を奪《うば》われたようにグラウンドの方を見つめていた。それから足を止めて、

「ごめん、ちょっと見てもいい？」

遥が唐突《とうとつ》に、恥《は》ずかしそうに言った。

香奈がぷっと噴きだし、「いいに決まってるでしょ」と彼女の肩をぽんと叩《たた》く。

「いとしの彼方《かなた》くんを見るわけね」

菜々美がからかうように言うと、遥は色白の頬を赤らめた。

「いとしの、って……」

「だって、好きなんでしょ？」

遥の顔はさらに赤くなった。

「もう、からかわないでよね！」

いじわるなんだから、と独りごちながら遥はグラウンドを取り囲むフェンスの前に立った。

その目がうっとりと校庭の片隅を見つめている。

その横顔を見ながら私は、恋する乙女《おとめ》の目だ、と思った。

「あー、やっぱりかっこいい！」

遥はいつものように小さく叫《さけ》んだ。

あのときもそうだったな、と思いだす。私が初めての恋をして、同時に失恋した日。

あの日も同じように、私はこのフェンスの前に立っていた。隣には、今日のように
遥がいた。

彼女に誘われて一緒に来たはいいものの、運動部の練習風景にさほど興味のなかった私は、なにも考えずにただぼんやりと見ていた。グラウンドの上に果てしなく広がる、澄んだ青空を。

そのとき突然、ただ真っ青だった私の視界に、彼が入ってきたのだ。

のびやかな身体をしなやかにひねらせて、風に舞い上がる羽根のようにふわりと跳

び上がった彼の姿。

そのまま羽ばたいて、空の彼方へ飛んでいってしまいそうに見えた。

私は目を大きく見開き、息を呑んだ。

心臓が一瞬止まったような気がした。目も心もすべて奪われて、私のものではなくなった。

スローモーションで空へと昇《のぼ》っていく彼の姿を無意識に目で追い、ゆっくりと地上へ戻ってくるまで見つめ続けた。

なんてきれいなんだろう。なんて軽やかに、自由に、優雅に空を舞うんだろう。

こんなにも美しく空を跳ぶ人間がいたなんて。

なにも言えずに、ただひたすら感動していた。

空から落ちてきた彼は、とんっとマットの上に着地し、すぐに立ち上がった。そして今跳びこえたばかりのバーをくぐって地面に転がっていたポールを拾い、そのまま小走りで戻っていく。

彼はポールを持ったまままきれいなフォームで助走し、それを地面に突きたてるようにして、大きくしなったポールの反動を最大限に使って、再び空を舞った。

何度も、何度も、黙々《もくもく》と彼は跳び続けた。周りの陸上部員たちはお喋《しゃべ》りをしたりふざけあったりしているのに、彼だけはひとり、飽《あ》きることなく跳び続けた。

それだけで、その誠実で真面目な人柄《ひとがら》が分かる気がした。

恋に落ちた、と私は自覚した。

ひと目惚《めぼ》れなんてありえない、と思っていたのに、私は彼を初めて見た瞬間に、彼のことを好きになってしまったのだ。

そして、次の瞬間には、失恋した。

『あれがね、私の好きな人』

隣でささやく遥の言葉が耳に入った瞬間に、私はひっそりとその恋を終わらせた。

彼の姿から目を背《そむ》けて、もう二度と見ない、と心に決めた。

遥はグラウンドに向けていた視線をちらりと私に移して、恥ずかしそうに頬を赤らめながら言った。

『一組の羽鳥《はとり》彼方くん。遠子、知ってる?』

知らない、と私は首を横に振った。少しも興味がない、と遥に思わせるために、私はそっぽを向いて『今日、いい天気だね』なんてしらじらしいことを言った。

言いながら、思いだしていた。遥が少し前に、『じつは入学してすぐのころからずっと好きな人がいる』と香奈や菜々美に話していたことを。

たしか、校内で気分が悪くなってうずくまっていたときに、最初に声をかけてくれて、保健室まで連れていってくれた人だとか。

ああ、この人のことだったのか、と彼を決して見ないようにしながら思った。

そして、私は絶対にこの人のことだけは好きにならない、と自分に誓《ちか》ったのだ。

「あ、女の子と喋ってる」

ふいに遥が言うのが聞こえて、ぼんやりとあの日のことを思い返していた私は我に返った。

遥はフェンスに手をかけて、乗りだすようにして彼を見ている。

「あれ、二組のりさちゃんだ。可愛いよね、あの子……性格もいいらしいし」

陸上部の部員が、マネージャーの子と話をするのは当然のこと。でも遥は心底悲しそうな顔をしている。

「あ、彼方くんが笑ってる！　いいなあ。笑顔可愛い……」

ショックそうにしたり、頬を赤らめたり、忙しそうな遥を見て香奈が噴きだした。

「遥ったら、いっつもそうやってこっそり嫉妬《しっと》してるんだから」

遥が「えぇー」と顔をしかめて香奈を見る。

「嫉妬って、言葉悪いなあ」

「でも、本当でしょ」

「そりゃそうだよね、好きな人が女の子と喋ってたら、そりゃ妬《や》くよね」

そう言って菜々美が遥の頭をくしゃくしゃとかきまわし、「遥可愛いー」と笑った。

「そんなに好きならさあ、もう告っちゃばいいのに」

菜々美が言うと、香奈がきらきらと目を輝かせた。

「そうだよ、告っちゃえ！　遥なら絶対ＯＫもらえるよ、こんなに可愛いんだもん」

ふたりに言われて、遥が「ええっ」と声を上げて顔を真っ赤にした。

「無理無理、だってちゃんと話したこともないし」

遥はぶんぶんと首を横に振っている。それでも香奈と菜々美は「大丈夫だって」「告ってみないと分かんないじゃん」と言いつのった。

「ね、遠子もそう思うでしょ？」

いきなり香奈が私に問いかけてきたから、どきりとして「えっ」と声を上げてしまった。

「だってほら、遠子がいちばん遥との仲、長いでしょ？　遥のことよく知ってるもんね」

「そうそう。遥なら告白しても絶対成功するよね」

有無を言わせない無言の圧力のようなものをふたりから感じる。私は笑顔をつくって「うん」と答えた。

「遥は可愛いし、本当に性格もいいもん。きっと大丈夫だよ」

こういうとき、女子というのは難しいなと思う。

たぶん、ふたりとも本気で〝絶対成功する〟なんて思っていないはずだ。だって、告白して成功するかどうかなんて、誰にも分からないんだから。

それでも女子は、〝あなたなら大丈夫〟と、無責任ともいえる励《はげ》ましをするのだ。

私はそんな無責任なことは言いたくないと思っているけれど、この空気の中で反論する勇気はなかった。

でも、遥ならきっと大丈夫、と思うのは本当だ。だって、誰よりも私が知っているから。遥が本当にすてきな女の子だということを。

明るくて、いつもにこにこしていて、優しくて、誰にでも平等に接する。見た目だって、さらさらの髪に華奢《きゃしゃ》なスタイルで、色白で小さな顔はびっくりするくらい本当にとびきり可愛くて、しかも笑うとえくぼができてさらに可愛くなる。私が男の子だったら絶対に遥を好きになる。

……でも、私はそれを上手く言葉にできなかった。

遥が好きなのが彼ではなくて他の男の子だったら、きっと私はもっともっとたくさんの言葉をかけてあげられるのに。今はどうしても、これ以上声が出せない。

「……ごめん。私、そろそろ部活、行かないと」

そんなことを言えばしらけてしまうのは分かっていたけれど、これ以上ここに平気な顔でいられる気がしなかった。

案の定、香奈が眉根を寄せて唇を尖《とが》らせて「ええ?」と不満そうに言った。私は思わず肩を縮めて「ごめん」と謝った。香奈のような美人が不機嫌な表情をすると、びっくりするほど冷たく感じる。

菜々美も眉を上げて私を見たけれど、遥だけは「あ、そうだよね、付き合わせてごめん」と言ってくれた。本当にいい子だな、とつくづく思う。

「教室、戻ろっか」

「ひとりで戻るから大丈夫。遥たちはここにいて。ごめんね、話の途中だったのに」

「ううん、私こそごめんね」

「じゃ、行くね」

遥がにっこりと笑って手を振ってくれた。それに手を振り返し、香奈と菜々美にも手を振る。菜々美は少し微笑《ほほえ》んで軽く手を上げて応えてくれたけれど、香奈は無表情だった。軽くあごを上げたまま黙って私をじっと見つめてくる。きれいにマスカラをつけて薄くアイシャドーも塗られた、大きな瞳。居心地が悪くて、私は逃げるように階段へ向かった。香奈に嫌われたかな、と不安になった。

ちらりと振り向いて、三人を見る。

きれいにまとまったつやつやの長い髪、短めのスカートから覗《のぞ》くほっそりと長い脚。可愛い女の子たちというのは、後ろ姿を見ただけで可愛いというのが分かるから不思議だ。私みたいな地味で平凡な女子とは全然違う。

そんな不釣り合いな私が彼女たちと行動しているのは、遥が仲間に入れてくれたからに他ならない。

高校に入ると、クラスのみんなは自分と性格や趣味の合う子をすぐに見極めて、続々とグループをつくっていった。でも、その中に上手く入れなかった私は、教室移動や昼休みにひとりでいることになってしまった。

クラスで知っているのは、小学校から一緒だった遥だけだった。

でも、彼女と同じグループに入るなんてありえなかった。遥がいたのは、いつでもクラスの中心にいるような明るくて活発で目立つ容姿の子たちが集まるグループだから。

それなのに、遥は私がひとりでいるのに気づいて、すぐにグループに誘ってくれたのだ。

たぶんクラスのみんなは、なんで私が女子の中心グループに入っているのか不思議に思っているだろう。そしてそれはきっと香奈と菜々美も同じ。あきらかに自分たちとはタイプの違う私と一緒に行動することに違和感を覚えていると思う。

でもふたりは、遥が誘い入れた子だから仕方なく、という感じではあるものの、とくになにも言わずに普通に私と口をきいてくれている。

恋愛や流行のファッション、芸能人の噂話《うわさばなし》をすることが多い彼女たちとは、正直なところ、話が合わないと感じることは多々あったし、三人がそういう話で盛り上がっているときには、私はどうしても会話のテンションについていけなくて、いつもひとりでぽつんと黙りこんでしまう。

それでも同じグループの中にいられて、ありがたいのはたしかだった。だって、どこのグループにも所属できずにいつもひとりで行動して、お昼もひとりでお弁当を食べる毎日なんて、考えただけでも悲惨だ。それくらいなら、多少話が合わなくても、少しくらい冷たい対応をされても、居心地が悪くても、誰かと一緒に行動していたほうがずっといい。

グループから抜けてクラスの中で居場所がなくなるより、ずっとましだ。

遥がいなければ、私はきっと高校でもまたひとりぼっちでいただろう。

いつも、君を見てる

美術室は、あまり使われていない旧館一階の奥にある。

近づくにつれてひと気がなくなり、放課後の喧騒も、野球部のかけ声も、体育館のボールの音も遠ざかっていく。

静寂《せいじゃく》に包まれた旧館に入ると、いつもふっと肩の力が抜ける感じがした。学校の中で唯一《ゆいいつ》、気を張らずに素のままの私でいられる場所だ。

美術室に入ると、三年の中原《なかはら》先輩、二年の深川《ふかがわ》先輩と三田《みた》先輩、一年の吉野《よしの》さんがいた。いつものメンバーだ。

四月には十人以上いた部員もどんどん幽霊《ゆうれい》部員になっていき、今はこの五人しか活動していない。

「望月《もちづき》さん、こんにちは」

黒板の前で椅子に座って本を読んでいた中原先輩だけが、振り向いて声をかけてくれた。

これもいつものことだ。彼女はしっかり者の先輩で、部長を務めている。美術部なのに絵は描かずに本ばかり読んでいる不思議な人だ。

私は笑って「こんにちは」と返した。

いつものことながら、他の三人は無反応だ。

二年の深川先輩は男の先輩で、絵がものすごく上手い。無口でいつも黙々と絵を描いているだけなので、話したことはほとんどない。

三田先輩も男の先輩で、すごく大人しい人。絵はあまり描かなくて、だいたいイヤホンをして音楽を聴《き》くかゲームをしている。

吉野さんはうつむきがちであまり人と目を合わさないようにしているので、私も話しかけないようにしている。いつも漫画やアニメのイラストに没頭《ぼっとう》していた。

部員同士のつながりがほとんどない部活だけれど、それが逆に気をつかわなくて済むから気楽だ。だから、美術室はとても居心地がいい。

私はいつもの定位置の席に荷物を置き、棚に置いてあった描きかけのキャンバスと絵の具一式を机の上に持ってきた。

この席を選んでしまう理由は、すぐ左に窓があって、外が見えるからだ。正確には、旧館に隣接したグラウンドがすぐ側にあるから。ここからなら、陸上部が練習している場所がはっきり見える。

私は椅子に座り、キャンバスを立てた。

パレットに絵の具をのせようとしたけれど、手が止まり、無意識に窓の外に目を向ける。

数十メートル先に、棒高跳びのバーがあった。そして、彼方くんが助走をしている。

どきりと胸が高鳴った。

また見てしまった、と頭では思ったけれど、私の目は言うことを聞いてくれない。どうしても彼の姿を追ってしまう。

でも、ここなら大丈夫。遥はいないし、陸上部の活動場所からもきっとここは意識されないから、そっと見ている分には、大丈夫。

そう自分を納得させては、いつもこの場所から彼の跳ぶ姿を見ていた。

窓の外を気にしながら、パレットに絵の具を絞《しぼ》りだしていく。

今描いているのは静物画だ。空っぽの花瓶《かびん》と、鍵《かぎ》つきの木箱と、鳥かご。下地を塗って、鉛筆《えんぴつ》で下描きをしてあるので、今日から色を入れていく予定だった。

溶《と》き油《ゆ》で絵の具を薄める。それを筆にとって、淡い色を大きくざっくりとのせていく。

ある程度描いたら、乾《かわ》かさなければならない。キャンバスを風当たりのいい方向へ向けて、また外を見た。

彼方くんが跳んでいた。

全身のばねを使って空へ跳び上がると、手足の腱《けん》やしなやかな筋肉が浮かび上がるのがここからでも見てとれる。無駄なものがなにひとつない、流線形を思わせる伸びやかな身体だった。なんてきれいなんだろう。

ぼんやりと見ていると、ジャンプを終えた彼方くんがふいにこちらを向いた。なんとなく目が合ったような気がして、勝手に心臓が騒《さわ》ぐ。でも彼方くんはそのまま歩きだして、またもとの位置に戻った。そして再び助走する。

目が合うなんて、そんなはずはないのに、意識しすぎている自分がおかしかった。

彼方くんが、またジャンプした。やっぱり羽根のように軽やかで、風のように自由で、とてもきれいで。

彼を見ていると、どうしても描きたくなってしまう。

私はスケッチブックを取りだし、ページをめくった。

彼方くんを見ながら、３Ｂの柔らかい鉛筆でデッサンをする。大まかな輪郭《りんかく》を描き、それから影をつけていく。

夢中になって描いていて、気がつくと陽射《ひざ》しがオレンジ色を帯びる時間になっていた。

ゆっくりと視線を落とす。

スケッチブックの真っ白なページいっぱいに鉛筆で描かれた、軽やかに跳ぶ彼方くんの姿。決して手の届かない人。手を伸ばすことさえ許されない人。

近づくことすらできないから、私はこうやって、彼を描く。描くことで満たされようとしている。私が描いた彼方くんは、私だけのものだから。

ふ、と小さく息を吐《は》いて、私は練り消しゴムを手に取った。

たった今描いたばかりの彼を、丁寧《ていねい》に消していく。

たとえ絵だとしても、彼を自分の手元に置くことはできない、自分の手に入れることはできないと思った。

もしも遥に見られたら。この思いを知られたら。

考えるだけでも恐ろしい。

私は絶対に彼女に不快な思いをさせたくない。だから、この思いは封印《ふういん》しなくちゃ。

でも、ときどき、思いが溢《あふ》れだしてどうしようもなくなることがある。そういうときには、こうやって彼を描いて、束《つか》の間《ま》の満足を噛《か》みしめて、そしてまた彼を消すのだ。

真っ白になるまで。

この思いが跡形《あとかた》もなく消えるまで。

どうか、気づかないで

「数学の新クラス、ここに貼《は》っとくから見とけよ」

朝礼の最後に先生がそう言って、黒板の端に一枚の紙を磁石でとめた。

この学校では、テストが終わるたびに、ホームルームのクラスとはべつに、数学と英語の能力別クラスが新しく編成される。この前、一学期の期末テストが終わったので、その成績がこの新クラスに反映されていることになる。

能力別クラスというのは、テストの点数によって学年の生徒が上・中・下に三分割されて、同じ能力の人たちが組の垣根を越えて同じ授業を受けるシステムだ。

数学はα《アルファ》・β《ベータ》・γ《ガンマ》クラス、英語はA・B・Cクラスに分けられて、能力別クラスの合同授業は週に二回。

私は文系教科は得意なので英語はAクラスに入れているけれど、中学のときから理系教科が苦手で、数学は新入生テストでも中間テストでも平均点ぎりぎりしか取れず、βクラスに振り分けられていた。

どきどきしながら貼りだされた名簿を見に行くと、驚いたことにαクラスに上がっていた。中間テストで失敗したので、今回のテスト前はかなり時間をかけて数学を勉強して、なんとかそれなりの点を取れていた。だから、もしかしたらとは思っていたけれど、やっぱり実際にこの目でクラス表を見ると、嬉しさが込みあげてくる。

「あっ、遠子、数学αになったんだね！　すごーい、頑張ったんだ」

すぐに気づいて遥が声をかけてくれた。私は笑って「ありがとう」と答える。

私はなにも取柄がないから、せめて勉強だけは頑張りたいと思っていて、努力が報われたのは素直に嬉しかった。

私が勉強を頑張っているのには、もうひとつ理由がある。できれば国公立の大学に行きたい、と考えているのだ。高すぎる目標だというのは分かっているけれど、この高校の授業に頑張ってついていければ国公立も夢ではない、と聞いたことがあった。

うちは自営業で、あまりお金に余裕があるとは言えなくて、大学の学費を簡単に払えるような状況ではない。

でも、お父さんもお母さんも、私にはいい大学に行って安定した職業についてほしいと思っているらしい。そう考えると、国公立しか選択肢はないように思う。

特別賢くもなく要領も悪い私が合格するためには、人一倍勉強しないといけないだろう。だから、高校三年間は勉強に手を抜かない、と決めていた。

「遠子はすごいなあ、いっつも成績いいもんね。数学は苦手とか言ってたのに、ちゃんと勉強してαになって。ほんと偉《えら》い、尊敬する。私なんか全然だめだもん」

遥はそんな嬉しいことを言ってくれる。たしかに彼女はそれほど勉強は得意ではないようだけど、いいんだよ、遥は、と私は心の中でつぶやく。

だって遥は、勉強なんかできなくたって、いつも可愛くてきらきらして、心が優しくて温かいから。成績がどうだろうと十分魅力的な女の子だ。

「あっ、待って待って！」

名簿を見ていた遥が、突然、興奮したように声を上げた。

何事かと思って目を上げると、彼女はクラス表の一点を指差している。

「αクラスって、彼方くんがいるんだ！」

白くて細いその指が差しているのは、上の方に載《の》っている〝羽鳥彼方〟という名前。

それを見た瞬間、動揺《どうよう》で胸が高鳴った。

やばい、と思った。これは危ない。

彼方くんと同じクラスになるなんて。

同じ教室で、同じ授業を受けることになるなんて。

けれど、少し考えれば分かることだった。

彼方くんは、入学時の成績がとくに優秀だった生徒が集められた一組にいる。一〜三組合同の能力別クラスでは、数学のαクラスも英語のAクラスも一組の生徒が半数以上を占めていた。

ただ彼方くんは文系教科は苦手らしく、英語はBクラスだった。だから数学のαクラスで一緒になることはあまり考えていなかったけれど、一組の生徒なら同じクラスになる可能性は高い。どうして今まで気づかなかったんだろう。

「遠子?」

驚きのあまり動きを止めてしまった私を、遥が不思議そうに覗きこんできた。

「大丈夫? なんかぼうっとしてない?」

心配そうな響《ひび》きの声に、私は首を横に振る。

「ううん、なんでもない。大丈夫」

「そう? 無理しないでね」

遥がにこっと笑いかけてくれた。

とろけそうに甘い、可愛い笑顔。見ているだけで幸せになるくらい。

ずっとこの笑顔でいてほしい、と思った。悲しい顔や苦しい顔なんて、彼女にだけはしてほしくない。

だから、気づかないで。どうか、私のこの思いに気づかないで。

彼方くんと同じクラスになったことを喜んでしまった私に、どうか気づかないで。

三時間目の数学は、さっそく新クラスで授業が行われることになった。

休み時間になってすぐ、道具を持ってαクラスの教室に向かう。

教科書とノートを持った左手の掌《てのひら》が、じっとりと汗ばんでいる。足に力が入らない感じがして、なかなか廊下を前に進めない。でも、すぐに一組の教室に着いてしまった。

ドアをゆっくりと開く。中には、顔は知っているけれど話したことはない人たちがたくさんいた。

同じ学校の、同じつくりの教室のはずなのに、他のクラスの教室は、どうしてこんなによそよそしい感じがするんだろう。

少しうつむきがちに中に入って、黒板に貼られた座席表を見た瞬間、どくんと心臓が大きく音を立てた。私の名前の隣に、彼方くんの名前があったのだ。

彼と同じ教室で授業を受けるというだけでも胸が爆発《ばくはつ》しそうなのに、よりにもよって隣の席になるなんて。

どうしようどうしよう、とひどく動揺しながら自分の席に腰を下ろした。それでも、無意識に教室の中に視線を走らせる。また彼方くんの姿を探してしまっている自分にあきれた。

彼は教室にはいなかった。そのことに少しほっとしたのも束の間、私の目は前方のドアに吸いよせられる。彼方くんが中に入ってきた。

また、勝手に心臓がそわそわと落ち着きをなくす。

もういやだ、こんな身体。こんな心臓。まったく私の思い通りになってくれない。

私は不自然にならないようにそっと彼から視線を外した。

本当に自分に嫌気が差す。彼方くんのことは見ないようにしよう、とあんなに強く決心したのに、私の目は、いつだって彼の姿を見つけてしまう。

登校してきた生徒で賑《にぎ》わう校門。

人で溢れ返る休み時間の廊下。

たくさんの生徒でごった返す集会の体育館。

昼休みの購買《こうばい》の前。

美術室から見るグラウンド。

どこにいたって、どれだけたくさんの人がいたって、私は彼を見つけることができる。見つけてしまう。たぶん、誰よりも早く。

だから今日も、顔は上げないつもりだったのに、私の目はやっぱりいち早く彼の姿をとらえてしまった。

彼方くんが教室に入ってくると、すぐに二、三人の男子が近づいて声をかける。なにかふざけたようなことを言って声を弾ませた彼らに応《こた》えて、彼方くんは楽しそうな笑みを浮かべた。近くにいる女子の数人は彼らのほうをちらちらと見ている。

華やかで明るい雰囲気の彼らは、たぶん一組の中心メンバーなのだろう。

つくづく不思議だけれど、自分のクラスではなくても、一目見ただけで、そのクラスの一軍、二軍というか、勢力図のようなものは一瞬で分かってしまう。

彼方くんは決して派手な格好をしているわけではないし、制服を着崩したり髪を染めたりしているわけでもない。

でも、勉強ができて、陸上部の期待のルーキーと呼ばれていて、誰とでも臆《おく》することなく話せる明るい性格で、彼はまぎれもなく生まれながらの一軍だ。

私みたいになにかの間違いで一軍の女子グループに入ってしまった偽者《にせもの》とは、全然違うのだ。

「彼方ー!」

騒がしい教室の中に、ひときわ明るくて大きな声が響いた。

見ると、大きな目の可愛い女の子が、ふんわりと巻いた茶色い髪を揺らしながら、ぱたぱたと彼方くんに駆けよるところだった。

たしか、中村《なかむら》さんという一組の子だ。

彼女は弾けそうな明るい笑顔で彼の腕をつかむ。

「彼方、古典の予習してきた? ちょっとノート見せて! すぐ返すから」

「いいよ。俺、字汚いけど、それでもいいなら」

「ええー、全然汚くないよー」

中村さんは嬉しそうに微笑みながら彼のノートを受けとり、大切そうに胸に抱えた。

きっと彼方くんのことが好きなんだろうな。

そういうことは、不思議と分かってしまう。知りたくもないのに、彼に思いを寄せている女子のことは、見た瞬間に分かってしまう。

「ありがとね、彼方」

彼女は彼の名を呼んで、くすぐったそうに笑った。

彼方くん、と私も心の中で呼んでみる。

もう何度そう呼んだか分からない。でも、私はその名前を口に出したことは一度もない。そもそも、彼と直接口をきいたことすらない。

私は彼の名前を、心の中でひっそりと呼ぶだけ。誰にも聞かれたくないから。でも、こうやって心の中で呼ぶことくらいは、許してほしい。

そのとき、授業担当の先生が教室に入ってきた。みんながざわざわと動いて自分の席につき始める。その中で、彼方くんはぐるりと教室の中を見回した。

「けっこうメンバー入れかわったな」

隣にいた男子にそう声をかけながら、こちらに向かってくる。彼方くんの姿が近づいてくる。

動悸《どうき》がどんどん速くなるのを感じた。思わずぱっとうつむき、教科書や筆箱を意味もなく触《さわ》る。

足音が近づいてきて、すぐ側で止まった。

そして、椅子を引く音、かたんと腰かける音。

少しだけ視線を横にずらすと、視界の端に、白いシャツの袖《そで》から伸びる、日に灼《や》けた腕が映った。

その思わぬ近さにどきりとして、慌《あわ》てて顔を背ける。

教科書を開いてぱらぱらとページを探すふりをするけれど、本当は隣の彼方くんの動作一つひとつが気になって仕方がない。落ち着かない。気になる……。

気がついたら、また隣に視線を向けてしまっていた。

彼方くんは頬杖《ほおづえ》をついて、開いたノートを見ている。その横顔を見ながら、こんなに近くで顔を見たのは初めてかもしれない、と思っていた、そのとき。

──彼方くんがふいに目を上げ、ふっとこちらに顔を向けた。

目が合う。

「……っ」

しまった、と息を呑んだ。すぐに視線を戻す。ばくばくと高鳴る鼓動がうるさい。

どうしよう、盗み見ていたのがばれてしまった。

恥ずかしい、顔が熱い、しまった……そんな思いでいっぱいになっていたら、

「初めまして」

隣から、声がした。反射的にそちらに目を戻すと、真っすぐに向けられた視線とぶつかった。

彼方くんに話しかけられたのだ、と気がつく。

彼方くんが、私に声をかけてくれた。

驚きのあまり頭が真っ白になり、口を半開きにしたまま硬直してしまう。

そんな私の不自然な反応を気にする様子もなく、

「よろしく」

彼方くんがにっこりと笑った。

私はなんとかうなずいて、それから絞りだすように「よろしく」と返したものの、声はかすれてしまっていた。

彼はまたにこりと笑い、ノートに視線を落とした。

——うそだ。これ、もしかして夢？

そんなばかなことを考えて、こっそりと頬をつねってみる。もちろん、感覚はあった。

夢じゃない。これは現実。

現実の中で私は、彼方くんから話しかけてもらった。

まさかこんなことが起こるなんて。一度も話したことがなくて、目さえ合ったことがなかったのに、いきなり話しかけてもらえるなんて。

チャイムが鳴り、まだ衝撃から抜けだせずに呆然《ぼうぜん》としたまま授業が始まった。

でも、当然ながら、隣の彼方くんが気になって気になって、顔だけは前を向いているけれど心は全部横に向いてしまっていた。まったく授業に集中なんてできていない。

二十分ほど経って先生に名前を呼ばれたときにやっと我に返ったけれど、時すでに遅し。

「望月、この問題はどうやって解けばいい？」

先生にそう質問されて、私は自分がまったく授業を聞いていなかったことに気がついてしまったのだ。

なんとか板書だけは写していたけれど、自分が書いたノートを見ても、なんの話だかまったく分からなかった。

「おい、早く答えろ！　どの公式を使う？」

先生が急《せ》かすように訊いてくる。この先生は学年の中でもとくに厳しくて怖いと有名だった。怒らせてしまったら大変だ。

なんとか答えなきゃ、と焦《あせ》り、ノートと黒板を交互に見る。

でも、いくら考えても分かるわけがない。もともと数学は苦手だし、今日は全然集中できていなかったから。

周囲からの視線が痛い。きっとみんな答えが分かっているのだろう。

なにあの子、こんな問題も分からないの？　早く答えろよ、授業が進まないだろ——そんな心の声が聞こえてくるような気がした。

「……わ、分かりません」

授業を中断してしまうよりは、と考えて、そう答えた。

すると先生がぴくりと眉を上げて、教科書を教卓の上に乱暴なしぐさで置いた。ガツンと大きな音がして、びくりと肩が震えてしまう。

「俺の授業では『分からない』は禁止だと知らないのか。そんなに難しい問題じゃないぞ、すぐに『分からない』じゃなくて、ちゃんと考えろ！　考えたら分かるはずだ」

「……すみません」

謝る声が震えてしまった。

どうしよう、どうすればいい？　頭が真っ白で、顔はきっと真っ赤で、もしかしたら真っ青で、とにかく私は動くことも、なにかを言うこともできない。

考えたって分かるわけがない。もともと理解できていないんだから。でも、αクラスに来たからには、そんな甘えたことは言っていられないんだ。だから、なにか答えないと。それでもどうしようもない、分からないんだから。

ノートを見ても、教科書を見ても、黒板を見ても、文字がただの記号になって私の中を素通りしていくだけで、頭にはなにも入ってこない。

先生はイライラしたように私を見ていて、生徒たちも似たような表情でこちらを見ている気がした。

それが分かると、私の動揺はどんどん膨《ふく》れあがっていった。

パニックって、きっとこういう状態のことを言うんだ。

「あの……ええと……」

教室の沈黙の重さに耐えきれず、そんな声を上げてみたけれど、だからといって答えられるわけではない。

泣きたかった。逃げだしたかった。

今すぐ、この瞬間に、地震が起こってすべてが無かったことになればいいのに。そんな不謹慎で勝手な考えが湧《わ》きあがってくるほど、私は混乱していた。

そのときだった。

「先生、これ、三番の公式でいいですか?」

突然、彼方くんが声を上げた。私に集まっていた視線が、一気に隣へとスライドする。

「合ってますか？」

教室中の注目を集めていることに少しも躊躇《ちゅうちょ》せず、彼方くんは先生の答えを促《うなが》す。

先生は「合ってるが……」と首を縦に振ってから顔をしかめる。

「指名されたのは望月だぞ。なんで勝手に羽鳥が答えるんだ」

「あ、すみません。出しゃばっちゃいました」

彼方くんが〝しまった〟という表情で言うと、どっと笑いが起こった。それで教室の空気は一気に変わり、先生も、仕方ないなという表情に変わった。

私が当てられて、しかも答えられなくて授業を止めてしまったことなんて、もう誰も覚えていないようだった。

ほっとしてペンを握《にぎ》りなおす。と同時に、心臓がべつの意味でばくばくと鳴り始めた。

──彼方くんが、私を助けてくれた。

それはすぐに分かった。答えが分からなくて、どう対応すればいいかも分からなくて、頭が真っ白になってしまった私に助け船を出すように彼は発言した。

偶然なんかじゃないと思う。私の勘違いや思いこみでもないはず。

彼は授業中に指名されてもいないのに勝手に答えを言ってしまうような人じゃない。いつも、周りを見て冷静に判断してから言葉を口にしている。今日の言動は、それとは違う。彼方くんを見つめ続けてきた私には、はっきりと分かった。

ちらりと隣に目を向けると、それに気づいたのか、彼方くんもこちらを見た。また目が合ってしまい、爆発しそうだった心臓がさらに暴れだす。すると、彼方くんが少しいたずらっぽく笑った。

やっぱりそうだ、と確信する。彼方くんは私を助けるために声を上げてくれたんだ。

私は小さく頭を下げて、どきどきしながら前に向きなおった。

——嬉しい。

彼方くんに話しかけられて、助けられて、笑いかけてもらった。どうしようもないくらい、どきどきしている。顔が真っ赤になっているんじゃないかと心配だった。

どうしよう。嬉しいけど、困る。だって……もっと好きになってしまいそうだ。

ただ遠くから見ていただけの今までより、もっともっと好きになってしまいそう。

今までだって、諦《あきら》めようと思ってもなかなかできずにいたのに、これ以上好きになったら、もうどうしようもない。どうしたらいいか分からない。

そんなことをぐるぐると考えているうちに、授業の終わりを知らせるチャイムが鳴り響いた。

先生が教室を出ていってから、私は緊張を必死に抑えながら立ち上がって横を向いた。

悩んだけれど、このままなにも言わずにクラスに戻るのは、逆におかしい気がした。だから、彼に声をかけると決心したのだ。

「……あの」

声は小さすぎたし、震えてしまったけれど、彼方くんは気づいて振り向いてくれた。

「ん？」

首を傾げて私を見る彼方くん。

こんなに近くで、しかも真正面からじっくり彼を見たのは初めてだった。今までは、すれ違うときなどはうつむいて、彼の顔を見ないようにしていたから。

近くで見ると、日焼けした肌は想像していた以上に滑《なめ》らかでつやつやしていた。そして、湧きでる泉のように澄んだきれいな瞳。

その瞳がじっと私を見つめている。

緊張しすぎて上手く声が出てこない。心臓の音がうるさくて、耳さえ聞こえないような気がした。

でも、このまま黙っていたら変なやつだと思われる、と自分を叱咤《しった》激励《げきれい》して、なんとか言葉をひねりだす。

「さっきは、助けてくれて、ありがとうございました」

言うべきことをちゃんと言えた、とほっとしたのも束の間、初めてちゃんとした会話をするのに、名乗るのを忘れてしまった、と気がついた。

彼は私のことなんて絶対に知らないのに。

「あっ、ごめんなさい。私、三組の望月といいます」

慌てて名前を告げると、彼方くんは目を丸くして、それから小さく噴きだした。そのまま彼はうつむいて口元を覆《おお》いながらしばらく笑っているので、私はどうすればいいか分からず、黙ってたたずんでいた。

「ははっ、ごめんごめん、笑っちゃって」

「……いえ。あの、なにかおかしかったですか……」

「あははっ」

彼方くんはもう一度笑い、それから「ごめん」とまた謝った。

「なんかすごく丁寧だからさ、おかしくなっちゃって」

「え？」

「わざわざ名乗るし、なぜか敬語だし」

「……初めて、話すから」

なんとかそれだけ返すと、彼方くんはにっこりと笑った。

「俺は一組の羽鳥です。よろしく、望月さん」

目尻が下がって、とても優しい表情になる。

いつも遠くから見ていた笑顔。今日はこんなに近くで見ている。しかも、これは私だけに向けられた笑顔だ。

柔らかく細められた二重の目、きゅっと上がった口角、理想的な笑みの形をつくった薄い唇。ずっと憧《あこが》れていた笑顔を、こんなに間近で見ている。

胸の奥のほうが、絞られたようにぎゅうっと痛んだ。

こんなに明るい、屈託《くったく》のない笑顔を、惜《お》しまずに真っすぐ私に向けてくれた。それだけでもう、今ここで死んでもいいと思えるくらいに嬉しかった。

それに、私の名前を呼んでくれた。信じられない、奇跡みたいだ。なぜか目頭が熱くなって、泣いてしまいそうだった。

私は慌ててまばたきをして、にじみだした涙を引っこめる。

それからこっそりと深呼吸をして、もう一度言った。

「さっきは、本当に、ありがとう。私、授業中なのにぼうっとしちゃってて、もともと数学は苦手だし、全然答えが分からなくて……頭が真っ白になっちゃって」

すると彼方くんは「分かる、分かる」とうなずいた。

「あの先生、なんか威圧感あるもんな。俺も一回、当てられたけど答えが分からないときがあって、すごく急かしてくるし、なのに『分からないは認めない』とか言うし、真っ白になったことあるよ」

「ずっと答えられずにいたら、『分かるまで立ってろ』って言われて、結局授業が終わるまで教室の後ろに立たされて、さんざんだったよ」

その様子を想像して、「大変だったね……」と相づちを打つと、彼方くんはこくりとうなずいた。

「本当だよ。かっこ悪いし、恥ずかしいしさ」

思いだしたようにくすりと笑った彼は、それからこう言った。

「だから、望月さんも同じ目に遭ったら可哀想だなって思って、思わず横入りしちゃった。余計なお世話だったらごめんな」

そういうことだったのか、と思った。自分がいやな思いをしたことがあって、私がそうならないように助けてくれたんだ。

嬉しくて、また目頭が熱くなる。

「余計だなんて……。全然そんなことないよ。むしろすごく助かりました、ありがとう」

少し震えてしまった声で言うと、彼方くんは、

「それならよかった。どういたしまして」

と、心底ほっとしたように言った。

「……そうなんだ」

そのとき、向こうから彼方くんを呼ぶ男子の声がした。

「あ、次、音楽室なんだ。行かなきゃ。ごめん、途中で」

彼方くんが申し訳なさそうに言ったので、私は首を横に振る。

「ううん、こちらこそ、呼び止めちゃってごめんなさい。本当にありがとう」

「いえいえ。じゃあ、またな」

彼方くんはにこっと笑い、軽く手を振って彼らのところへ行った。

その後ろ姿を見送り、ぼんやりと教材の片付けをしながら、私はまるで夢の中にいるようなふわふわとした気持ちだった。

彼方くんと話してしまった。しかも、あんなにたくさん。初めての会話なのに、あんなに話してくれた。本当に、夢みたいだ。

私は席を立ち、一組の教室を出た。

三組へ向かっていると、少し前の方を彼方くんが友達と一緒に歩いていた。その背中をそっと見つめる。

向き合って話すよりも、そのほうが落ち着いていられた。私は彼の正面の顔より、横顔や後ろ姿のほうがずっと見慣れているから。

まだ胸はばくばくと早鐘《はやがね》を打っている。

まさかこんな日が来るなんて、思ってもみなかった。彼に助けられて、言葉を交わして、私だけに向けた笑顔を見られるなんて。

嬉しくて嬉しくて、本当に泣きそうだった。

彼方くんの笑顔が、目に焼きついて離れない。

どうしよう。彼方くん、やっぱり、好きだ。彼のことが好きだ。

高鳴る胸を押さえながら教室に入ろうとした、そのとき。

「遠子」

いきなり、呼ばれた。

全身が震える。

ゆっくりと振り向くと、そこには微笑む遥が立っていた。

「……遥」

声が震えた。

でも、彼女はそれに気づいた様子もなく私の背中をぽんっと軽く叩く。

「なにしてるの？　次、体育だよ。早く更衣室、行こ」

「……うん」

遥が私の腕に手を絡《から》ませ、導くように歩きだす。

「どうだった？　αクラスの授業は。やっぱ難しかった？」

「うん……」

「だよねー、そりゃそうか。あっ、彼方くんは？　どうだった？　って訊かれても答えにくいよね、ごめんごめん」

「……隣の席だったよ」

黙っていてもいつか知られてしまうかもしれない。そう考えて、思わず正直に言ってしまった。その瞬間、遥が大きく目を見開いた。

「え？　隣？　彼方くんの？」

うん、とうつむきがちにうなずくと、遥はしばらく沈黙してから、「いいなあー」と明るい声を上げた。

「彼方くんと隣同士なの？　羨ましいー」

なんと返せばいいか分からず、私はあいまいな笑みで応える。すると遥が、

「……彼方くんと喋ったりした？」

と窺《うかが》うように訊いてきた。

「……ちょっとだけ、挨拶《あいさつ》くらい」

思わずうそをついてしまった。

本当のことを言って、遥にいやな思いをさせたくなかった。それでも彼女は「喋ったんだあ」と羨ましそうに言う。

いたたまれなくて、私は話を変えることにした。

「遥、もう行かなきゃ。着替える時間なくなっちゃう」

すると遥は時計を見て、「ほんとだ、急ご」と歩きだした。

それきり彼方くんの話が出ることはなくて、私は心底ほっとした。


「あ、遠子、ちょっと待って」

放課後、いつものように美術室に向かおうとしたら、遥に呼び止められた。

振り向くと、彼女は小走りで私の横に並んだ。

「先生と面談するから進路指導室に呼ばれてるんだ。遠子は美術室行くんだよね？

途中まで一緒に行こ！」

「うん、行こう行こう」

「あーあ、面談、気が重いなあ」

「分かる、期末テストの話もされるし、いやだよね」

「遠子はもう終わった？」

「うん、先週やったよ。頑張ってね、遥」

そんな話をしながら渡り廊下を歩いているときだった。

グラウンド脇の通路のところに、色とりどりのTシャツを着た運動部男子の集団を見つけた。ちらりとそちらへ視線を滑らせた瞬間、その中に彼方くんがいることに気づいてしまう。

無意識のうちにしばらく見つめていたら、遥も気がついたようで、「あ」と声を上げた。

「彼方くんがいる」

「……ほんとだ」

反射的に、気づいていなかったふりをしてしまった。

そのとき、ふいに彼方くんが首を巡《めぐ》らせてこちらを向いた。目が合ってしまいそうになり、慌てて顔を背ける。

そのまま、通りすぎようとした。でも。

「あ、望月さん」

私の名前を呼ぶ彼の声に、びっくりしすぎて足を止めてしまった。

遥が目を丸くして私を見て、それからまた彼方くんを見た。

視界の端でとらえた彼が、こちらへ視線を向けているのが分かる。

隣にいる遥のことが気になって、でもその顔を見ることもできなくて、私はうつむくことしかできない。すると、

「今日はどうも」

という声が聞こえた。私は遥の視線を気にしながらも、「こちらこそ、ありがとう」

と頭を下げる。

「今から部活？」

話が続くのなら、さすがにいつまでもうつむいているわけにもいかなくて、顔を上げてから、こくんとうなずいた。

彼方くんは私の足が向いている方に目をやり、「美術部だよな、たしか」と言った。

驚きで声が出なくなる。どうして私が美術部だと知っているのだろう。

すると、そんな私の疑問に気づいたのか、彼方くんが言葉をついだ。

「なんかさ、風の噂？　っていうか、噂でもないけど、なんとなく知ってるよ。この前、コンクールで賞もらって表彰されてたよな」

言葉を失った。まさか、彼方くんが私のことを知っていたなんて。

たしかに先月、入学して初めて出品した小さな絵画コンクールで佳作をもらって、全校集会で表彰された。でも、あのときは深川先輩が審査員特別賞をとって学校がちょっとした騒ぎになったから、私のような小さな賞くらいでは誰にも注目されないと思っていたのに。

唖然としている私に、彼方くんが屈託のない笑顔を向けた。

「すごいよな、表彰されるなんて。部活、頑張ってな」

そう言って手を上げて立ちさろうとする彼に、思わず「あっ、あの！」と言って呼び止めた。

「……か、羽鳥くん」

彼方くん、と呼びそうになって慌てて言いなおした。

「も、頑張ってね」

なんとかそれだけを口に出した。

彼方くんは「ありがと」と笑って、風のように駆けぬけていった。

「……彼方くんと、仲いいんだね」

ぽつりとつぶやいた遥の声で、私ははっと我に返った。

「あ……あの、ええと。今日の数学の授業で、ちょっと……分からない問題があって、先生に怒られそうになって、そしたら助けてもらって。そのお礼をして、ちょっと話したから」

しどろもどろに言い訳をする。

こんなことなら、最初から正直に話しておけばよかった、と後悔した。

「へえ、そうなんだ」

遥はにっこりと笑う。

「さすが彼方くん。やっぱり優しいんだね」

「うん……そうみたいだね」

あいまいに相づちを打つ。

すると遥はじっと私を見て、

「……あんまり仲良くなりすぎないでね？」

と唐突に言った。

驚いて目を向けると、彼女は慌てたように両手を振る。

「ほら私、嫉妬しちゃうかもしれないし」

その言葉に、さっと血の気が引いた気がした。

どうしよう、どうやって言い訳しよう。焦りで頭が真っ白になる。

あ、とうめくような声がもれた。

すると遥はさっと表情を変え、明るい笑い声を上げて、私の肩を叩いた。

「うそうそ、冗談、冗談！　もう、本気にしないでよね、遠子」

「あ……」

「じゃあ、私、行くね」

遥は笑顔で手を振り、進路指導室の方へと走っていった。

その瞬間、言葉にならないほどの罪悪感が込みあげてきた。

——ごめん。ごめんね、遥。

彼方くんに近づけて嬉しいなんて思ってしまって。彼方くんのことを、好きだなんて思ってしまって。

遥は私にとってかけがえのない存在だ。それなのに私は、遥の好きな人を、彼方くんを好きになってしまった。だめだ、やめなきゃ、と思ったのに、自分ではどうしようもなくなっていた。

私にできることは、なんとか彼のことを忘れようと努力することだけ。

それができないのなら、せめて、彼への思いを胸の奥底に押しこめて、呑みこんで、誰にも知られないように隠し通すことだけ。

なにがあっても決して遥にだけは知られないように。

そうしているうちに、きっと、この思いは薄れていってくれるだろう。

ごめんね、遥。

もう彼方くんのことは忘れるから。

彼への恋心は消してしまうから。

私は二度と、彼に近づいたりしない。

だから、どうか、許して。

まだ誰もいない美術室に入った瞬間、緊張が解けたせいか全身の力が抜けて、へなへなと床に座りこんでしまう。

持っていた荷物を胸に抱きしめるようにしてうずくまる。

今日はたくさんのことが起こりすぎて、頭がパンクしそうだった。

彼方くんが私を助けてくれた。たくさん話をしてくれた。

部活を頑張ってと応援してくれた。

そしてそれを遥に見られてしまった。

ふ、と唇から息が洩《も》れる。

喜びと罪悪感が混じりあって、苦しくて切なくて、呼吸が上手くできなかった。

座りこんだまま、窓の外に目を向ける。陸上部の練習が始まっていた。

彼方くんはウォーミングアップのためにグラウンドを軽く走っている。風をまとったように軽やかに。

隣に他の部員が並ぶと、にこやかに笑って、風を楽しむように微笑みながら走る。

心から走ることが好きなんだろうな、とその表情を見るだけで伝わってきた。

あの人が、ついさっき、私の名前を呼んで話しかけてくれた。

そして笑いかけて、手を振ってくれた。

彼方くんが近くなった、と思った。

でも、遠かった。

遠く、遠く、近づいてはいけないところに、彼はいるのだ。

遠くなくてはいけないのだ。
私は必死に、何度も何度も自分に言い聞かせた。

だって、大切だから

二日後にも数学の合同授業があった。

今日は話さないようにしよう、と決心して、なるべく時間ぎりぎりに教室に入った。

席についてからも、隣を意識しないように気をつけた。彼方くんは、椅子に座ってすぐに、一昨日《おととい》も彼に話しかけていた中村さんから声をかけられ、チャイムが鳴るまでずっと会話をしていた。

彼と話すことのないまま授業が始まったことにほっとしていると、先生が少し遅れて入ってきた。

「ちょっと保護者が来てるから、十五分くらい自習しといてくれ。問題集の問十から二十まで、戻ってきたら答え合わせやるから。ちゃんと全問解けよ。分からないは認めないからな」

そう言って先生がまた教室を出ていくと、みんなは静かに問題を解き始めた。かりかりと文字を書く音が教室を満たす。私も指定されたページを開いた。シャーペンを持ってノートを開き、問題とにらめっこする。

しばらくして、焦りが湧きあがってきた。

難しい。かろうじて半分は解けたけれど、あとはさっぱり分からなくて、一行も書けない。

ふと周りを見ると、みんな集中して黙々と問題を解いている。手が止まっている人はいない。私だけ解けないんだ、と思い知らされて、さらに焦りが増していく。

一昨日当てられたときにちゃんと答えられなかったから、今日もまた当てられる可能性が高い気がした。

そうなったらどうしよう、また『分からない』なんて答えたら、今度こそ先生に怒られてしまう。

そのとき、こつんという音がした。

目を向けると、彼方くんがペンの先で私の机の端をつついていた。

「大丈夫？　分からない問題ある？」

驚きと緊張でなにも考えられなくなって、思わず正直にこくりとうなずいてしまった。

「何番？」

「……十五番から、あと全部……」

「あー、ちょっとひっかけ問題だからな。それはこうやって解くんだよ」

そう言って、彼方くんは自分のノートを見せてくれた。

「ここ、こうやって変形して、もっかい問十二と同じ公式を使って……」

「あ……そういうことか」

ヒントをもらったことで糸口が見つかって、私は自分のノートに式を書いていく。

彼方くんが書き終えるまで待っていてくれたので、私はノートを持ち上げて彼に見せた。

「これで、合ってるかな」

「んー、うん、オッケー。あとの問題も、前のほうに出てきた公式を使えばいけるはずだよ」

にっこりと笑いかけられて、どきりと胸が高鳴った。「ありがとう」と小さくつぶやいて、問題集に目を落とす。

彼方くんのおかげで問題は解けたけれど、動悸はなかなかおさまらなかった。

無事に授業を終えて、私は一昨日と同じように「今日はありがとう」と彼に声をかけた。

「余計なお世話じゃなかった？」

彼方くんが少しいたずらっぽく笑う。

「ううん、そんなはずない。すごく助かった」

そう答えると、彼はにっこりと笑った。

「私本当は数学得意じゃなくて、ここにいるのもただのラッキーみたいな感じで……。ちゃんと予習しなきゃと思うんだけど、結局分からない問題ばっかりで、予習にならなくて」

思わず正直な話をすると、彼方くんが唐突に、

「じゃあ、手伝おうか？」

と言った。

「え？」

「授業の前に少し早く来てもらって、その日の範囲の確認しようか。分からない問題があれば教えるよ」

予想もしなかった提案に、私は呆然としてしまって、言葉が出なかった。すると彼方くんが焦ったように続ける。

「あ、望月さんの迷惑じゃなかったら、ってことだから、いらないならいらないって言ってくれていいよ、全然」

それを聞いて、私は勢いよく首を横に振った。

「迷惑だなんて！　そんなわけないよ……。教えてもらえるなら、すごくありがたいけど……」

言ってしまった。ここで断ったら彼の厚意を無駄にしてしまうし、数学を教えても

らえるのがありがたいのは本当だったから、思わずそう答えてしまったのだ。

でも、彼とは近づかないようにしようと決めていたのに。

一瞬で後悔して、私は言葉を付けくわえる。

「……でも、毎回そんな時間とってもらうの、申し訳ない」

すると彼方くんは「そっか」と笑って、

「じゃあ、もし分からない問題があったらいつでも訊いてよ。俺に分かることなら教えるから」

私はうつむいて、ありがとう、と言うことしかできなかった。

遠かったはずの彼が、少しずつ近づいてくる。

それを嬉しく思う気持ちと、これ以上近づいたら自分の思いが大きくなって取り返しがつかなくなるという焦り。

その間で、身動きがとれないような気がした。


美術室に入ると、油絵の具の独特の匂いが鼻をついた。

誰だろう、と思って見回してみると、やっぱり深川先輩だった。私と彼以外の部員が油絵を描いているのは見たことがない。

この美術部でまともに活動している数少ない部員の中で、深川先輩だけは本気で美大を目指しているらしかった。そして、きっと行けるだろうな、と思うほど彼は上手い。

いつもは水彩画を描いているけれど、たまに思いついたように油をやることもある。もうすぐ夏休みで、それが明けたらすぐに文化祭がある。活動している美術部員はいちおう全員作品を展示することになっているので、それに向けて先輩も制作を始めたのだろう。

私も夏休みを使って一作、できれば二作仕上げたいなと思っていた。いつもの席に陣取り、窓を開ける。

七月になってから一気に暑さが増した。教室では冷房がついているけれど、残念ながら美術室にはエアコン自体が設置されていない。だから、窓を開けて、年季の入った扇風機を回すくらいしか、暑さ対策がないのだ。でも、旧館は午後になると本館の陰《かげ》に入るし、グラウンドに面していて風の通りもいいので、なんとかしのげている。

できればそろそろ文化祭用の作品に取りかかったほうがいいのだろうけれど、まだなにを描くか決められずにいた。

無難に静物画でもいいけれど、コンクール用の作品と違って文化祭の作品は自由があって遊べるわけだから、どうせなら自分が描きたいもの、描いていて楽しいものを描きたいと思う。

描きたいもの。そんなの、ひとつしかない。

でも、それはだめだ。描いてはいけない。

いちばん描きたいものは、いちばん描いてはいけないものだ。

そんなことを考えていたせいか、気がつくと私の目はいつものようにグラウンドに向いてしまっていた。

今日も彼方くんは黙々と練習している。

廊下や教室で友達と楽しそうに話しているときの姿とは、全然違っていた。真剣な顔で、真摯《しんし》な眼差しで、前だけを見つめて走り、そして空へと跳び上がる。

彼はきっと跳ぶために生まれてきたんだな、と思った。跳んでいるときの彼の顔が、もっとも彼の本質を表している気がする。

「そんなに好きなのかよ」

突然、すぐ後ろから声がして、椅子から飛び上がるほどに驚いた。

弾かれたように振り向くと、深川先輩が無表情にこちらを見下ろしている。

「……え……」

びっくりしすぎて上手く答えられない。

深川先輩は変わり者だ。ひどく無口で無愛想だし、絵に没頭すると誰が話しかけても無反応になるので、なんとなく怖い人という印象だった。しかも脱色しきった白い髪をしていて、不良なのかもしれない。

だから、毎日のように部室で顔を合わせるけれど、あまり言葉を交わしたことはなかった。

それなのに、まさかいきなり話しかけられるなんて。

ぽかんとして見上げていると、先輩は私の手元のスケッチブックに目を落とした。

じっと凝視して、それから顔を上げてグラウンドに視線を投げる。

「あいつだろ。あの、棒で跳んでるやつ。お前、あいつが好きなんだろ」

唐突すぎるし、内容も驚きだし、私はただ「なんで……」とつぶやくのが精いっぱいだった。

すると先輩は私に視線を戻し、小さく笑った。

「だってお前、いっつもあいつのこと見てんじゃん。しかも、よく絵に描いてるし。誰でも気づくよ」

まさか、と私は息を呑んだ。

この美術部の部員たちはみんなひどくマイペースで、部室に来てもそれぞれ好き勝手に思い思いのことをしている。だから、誰も私なんかのことは見ていないし、私がなにを描いていようが関係ない、という感じだろうと思っていたのに。

まさかいちばん他人に興味のなさそうな深川先輩に、私が彼方くんの絵を描いていることを気づかれていたとは。

「ほら、今も」

深川先輩が指差したのは、私が持っていたスケッチブックのページ。

慌てて視線を落とした先には、彼方くんがいた。見ると、私の右手はいつの間にか鉛筆を握っている。無意識のうちに彼のデッサンをしていたのだ。

一気に顔が熱くなる。

「いえ、あの……これは……」

「べつに、俺に言い訳する必要ないだろ」

まごついていたら、先輩にぴしゃりと言葉を遮《さえぎ》られた。

深川先輩は、美術室ではあまり話したことはないけれど、噂に聞くところによると、思ったことはなんでも言葉にするタイプらしい。本当にその通りだ。

「毎日毎日、あいつのこと描いては消して、描いては消して。一体、なにやってんだよ。まどろっこしい。そういうの、見てるこっちがイライラすんだよな」

先輩はあきれ返ったような口調でずけずけと言った。とても口が悪い、という噂も本当だったらしい。私は反射的に「すみません」と謝る。

すると先輩は「そういうことじゃない」と顔をしかめた。

「謝るな。俺が言いたいのはそういうことじゃなくて、せっかく描いた絵を消すなんて、もったいないことはするなってことだよ」

「……はい」

「お前が描いてるのは、ただの落書きなんかじゃないだろ。描いてるとき、なんつうか、ものすごく本気だろ。見てて分かるよ。鬼気《きき》迫るっていうか。そんなに必死に描いてるのに消すなんて、絵の神様に怒られるぞ」

絵の神様、と私は心の中で反芻《はんすう》した。

そんなことは考えたこともなかった。いつだって真剣に絵と向き合っている深川先輩だからこその発想だと思った。

「失敗したわけでもないのにむやみに消すなんて、そんな絵に失礼なこと、するな」

私はなにも答えられずにうつむいた。

もうやめてほしい、この話は。

そう思ったけれど、深川先輩の言葉は止まらなかった。

「なんであとで消すって分かってるのに、毎日毎日描くんだよ。ていうか、そもそも、なんで消すんだよ」

先輩は、心底不思議そうな声音で訊いてくる。

私はゆっくりと顔を上げ、窓の外を見た。

彼方くんが跳んでいる。何度も見ているのに、毎日見ているのに、どうしてこんなに飽きないんだろう。

「……見られたら、困るから」

気がついたら、そう小さくつぶやいていた。

深川先輩が先を促すように「どういうことだよ？」と言った。

「彼の絵を描いてるって知られたら、困るからです」

それ以上は言えなかった。先輩が「ワケ分かんねえな」と独りごちる。

「でも、知られたら困るのに、それでもあいつのこと描いちゃうんだな」

そうだ。こんな絵を描いているのを誰かに見られたら困ると何度も思ったのに、それでもやめられなかった。自分でもあきれるけれど、どうしようもない。

押し黙っていると、先輩がふいに腕を上げ、彼方くんの方を真っすぐに指した。

「そんなに好きなら、告白して来いよ」

予想もしなかった言葉に、私は目を丸くして先輩を見つめる。

冗談か、もしくは私をからかっているのかと思ったのに、彼はこの上なく真剣な表情をしていた。

「人生には終わりがあるんだぞ。時間は永遠に続くわけじゃないんだぞ。誰だっていつ死ぬか分からないんだから」

「……はあ、そうですね」

内容が突飛すぎて、間抜けな返答になってしまった。でも、先輩は気にすることなく続ける。

「お前、このままあいつに気持ちを伝えずに死んで、後悔しないのか？」

ぴくりと肩が震えたのを自覚した。

後悔。そんなの、するに決まってる。だって、こんなに好きなんだから。この気持ちを伝えないまま死んでしまったら、私はきっとお墓の中ですごく後悔する。

でも。

もしも彼に気持ちを伝えてしまったら、私はもっともっと後悔するだろう。

「――だって、大切だから」

スケッチブックの上で固く握りしめた拳《こぶし》を見つめながら、私はつぶやいた。先輩が首を傾げる。

「大切？　あいつのことが？」

違います、と私は首を横に振った。

「遥のことが大切だから」

深川先輩が怪訝《けげん》そうな顔で「はるか？　誰？」と首をひねった。

「友達です。小学校から高校まで一緒で、今も同じクラスにいます」

「ふうん……で、それがあいつのこととどう関係するわけ」

「……遥の好きな人が、彼方くんなんです」

答えると、先輩が思いきり顔をしかめた。

「は？　なんだそれ。あれか、友達と同じ人を好きになっちゃって、気まずいから言えない、とかいう女同士でよくあるやつか」

小馬鹿《こばか》にしたように言われて、いくら先輩とはいえ、かちんときてしまう。私はむっとして「一緒にしないでください」と返した。

「そういうのじゃないんです。気まずいとか、そういうことじゃなくて」

遥の優しくて可愛い笑顔が脳裏に浮かんだ。

「……遥は、私を救ってくれた人なんです。だから私は、遥のことだけは絶対に裏切れない。傷つけられない。本当に、大切な友達だから」

「ただのダチじゃないってことか？」

「そうです。……遥がいなかったら、きっと私は今、こうして生きてないと思います」

「命の恩人ってやつか」

先輩がつぶやく。私はあいまいに微笑んだ。

遥は私にとって、〝恩人〟なんて言葉では足りないくらい、圧倒的な救いの存在だった。

「本当に、本当に大切な友達なんです。だから、絶対に遥を傷つけるようなことなんて、できない」

遥の好きな人を好きになるなんて、決して許されないことだった。

「……まあ、お前がそれでいいなら、いいんだけどさ」

深川先輩が肩をすくめて言った。

「でも、そうやって他人のために自分の気持ちを押し殺して生きていくやつは、いつか絶対、耐えきれなくなる。人は自分の本心を殺しながら生きていくなんて、できない生き物だから」

悪い予言のように、先輩は静かに私に告げる。

「いつかきっと、心がぼろぼろになって破滅する」

たしかにそうかもしれない、と私は思った。

どこか遠いところで、楽しげな笑い声が弾けるのが聞こえる。部活生たちの声だろう。

「……いいんです、それでも」

唇の端に笑みがにじむのを自覚しながら、私は答えた。

「いつか自分が壊れてしまうとしても、私が遥と同じ人を好きになってしまったなんて知られて不快な思いをさせたくないんです。遥は優しいから、私に気をつかってしまうかもしれない。そうじゃなくて、私は彼方くんを好きな遥の気持ちが、少しも曇りのない真っさらなものであってほしいから」

だから、私はこの恋心を絶対に隠し通してみせる。

先輩はしばらく黙って私を見つめてから、

「……あっそ。ま、そんなに言うなら好きにすれば」

とあきれたように言って、自分のキャンバスのところへと戻っていった。

私はうつむき、スケッチブックに視線を落とした。消しゴムを手に取る。

そっと目を閉じると、瞼《まぶた》の裏に遥の優しい笑顔が浮かんだ。私にとっていちばん大切な存在。

二年前——この十六年の人生でいちばんつらかったとき、誰かに救いを求めることさえできないでいた私に、救いの手を差しのべてくれた人。絶望に打ちひしがれていた私のもとに舞い降りた天使のような、暗闇に射した一筋の光のような存在。

彼女の幸せを邪魔することなんて、できるわけがない。私はどうしても彼のことを諦めなくちゃいけない。だからこの絵は消さなくちゃいけない。

ゆっくりと目を開けて、窓の外を見る。その姿を見た瞬間に、どうしようもなく胸が苦しくなった。

消さなくちゃいけない。分かっているけれど……。

私は自分の描いた彼の姿をじっと見つめ、ゆっくりと消しゴムを手放した。それからスケッチブックを閉じて、ぎゅっと胸に抱いた。

彼のことは諦める。この〝好き〟もいつか必ず、時間はかかるかもしれないけれど、絶対に消す。

だからせめて、絵に描いた彼だけは消さずにいてもいいですか。

私は心の中で〝絵の神様〟に祈った。

だけど、君は遠い

「遠子！　見て、見て！」

遥が興奮した様子で私を手招きする。私は彼女に呼ばれるままに、掲示板に貼られた名簿を見た。

「英語、Ａクラスに上がったの！」

遥が嬉しそうに自分の名前を指差す。

「本当だ、おめでとう」

「私も今回は、せめて英語だけはと思って頑張ったから、よかった」

「うん、遥、英単語の暗記、頑張ってたもんね。よかったね」

「えへへ、ありがとと。初めて遠子と同じクラスだね」

「そうだね、嬉しい」

笑って答えると、今度は彼女は頬を赤く染めて、「それでね」と声を低くする。

「彼方くんも同じクラスだよ！　やばい！」

どきりとして私は名簿に目を走らせた。

たしかに、彼方くんの名前があった。期末テストで成績が上がったのだろう。

私と、遥と、彼方くん。とうとう、三人が同じ教室で授業を受けることになってしまったのだ。

考えただけで気が重くなった。思わずため息が洩れそうになるのを必死にこらえる。

そのとき後ろから、「えーっ」と声がした。振り向くと、香奈と菜々美が笑顔で立っている。

「なになに遥、彼方くんと同じクラスになったの？」

「やったじゃん！」

ふたりに抱きつかれて、遥は頬を赤くして笑う。

「ほんとやばい、めっちゃ嬉しい、彼方くんと一緒の教室に入れるとか、夢みたい！明日さっそく授業あるけど、私の心臓もつかなー？」

遥は本当に嬉しそうだった。両手で頬を軽く押さえる姿は、見とれてしまうほどに愛らしい。

こんなに可愛い女の子から好意を寄せられていると知ったら、どんな男の子でも嬉しいだろう。きっと、彼方くんも。

「遥、チャンスだよ。頑張りなよ」

菜々美が遥を励ますように言う。香奈も「そうそう！」と大きくうなずいた。

「そうだよね……チャンスだよね」

遥が真っ赤なままの顔でうなずく。

「勇気出して話しかけちゃおうかな……」

「そうだよ、話しかけちゃえ！」

「あのときのお礼も、もう一回ちゃんと言いたいし……」

あのときというのは、入学したてのころに気分が悪くなった遥を、彼方くんが保健室に連れていってくれたときのことだろう。

「でも、いきなり話しかけるとか、ハードル高いよ。なにこいつとか思われそう」

遥が不安げな表情を浮かべると、香奈が「なに言ってんの！」と笑った。

「遥みたいな子に話しかけられて、そんなこと思うわけないじゃん。むしろ絶対喜ぶって、男子は！」

「えー、そうかなあ」

遥は眉を下げて少し困ったように微笑みながら首を傾げる。そういうちょっとしたしぐさも、目を奪われるくらい愛らしかった。

菜々美も香奈に同調して言う。

「そうそう、遥、もっと自分に自信持ちなって。この学年でいちばん可愛いって言われてるんだからさ」

「えー、そんなことないよ」

「そんなことある！」

「そうかなあ……、でも、ありがと」

遥は照れくさそうにくすくすと笑った。

「ふたりがそう言ってくれるなら、頑張って話しかけちゃおうかな」

それから彼女は私の方を向いて、

「ねえ遠子、明日私が彼方くんに声かけに行くとき、一緒に来てくれる？　ひとりだと恥ずかしすぎるし」

唐突に話を振られて驚いてしまい、すぐには答えられなかった。

すると香奈が、「もちろん、一緒に行くよね？」とにっこり笑いかけてきた。

「遠子は遥の幼なじみなんでしょ？　しかも、いつも助けてもらってるもんね？　協力するの、当然だよね？」

それで我に返った私は、慌てて遥に目を向けて「もちろん」とうなずいた。

「協力するよ！　遥と彼方くんが上手いくように」

その言葉は、口をつくようにして飛びだした。

「私にできることなんて、あるのか分からないけど。でも、遥が彼方くんと仲良くなれるように、できることはなんでもする」

そうだ。私はずっと前から遥に対して、こういう思いを持っていたのだ。私を救ってくれた遥のためなら、なんでもする、と。たしかにそう思っていた。

心の奥のほうで、複雑な感情がぐるぐると渦巻いているのは自覚しているけれど。

まさか、同じ人を好きになってしまうなんて、思いもしなかったけれど。

でも、私にとって遥はやっぱり、特別な存在だから。なににも代えがたい大切な存在だから。

私は遥のために、今度こそすべての思いを封印することを決意した。

＊

翌日の五時間目が、新しいクラスでの初授業だった。

遥は「めっちゃ緊張するー」と何度もこぼしながら席に座っている。

英語のAクラスの授業は、私と遥のホームルームである三組の教室で行われることになっていた。

しばらくすると、彼方くんが一組の男子たちと教室に入ってきた。

遥はさっと私の袖をつかんで、「きゃあ、彼方くん来た！」と小さく叫んだ。

「やっぱかっこいいよー。ねえ遠子、授業終わったあとに話しに行くから、ついてきてね、よろしくね」

私は「うん、もちろん」と笑って答える。

そのときチャイムが鳴ったので、自分の席に戻った。

Aクラスの新しい座席表では、私は廊下から二列目のいちばん後ろの席。遥は隣の列の、前から二番目。彼方くんは窓側から二列目のいちばん前の席。つまり、私の席からは遥と彼方くんの姿が同時に見えるということだ。

先生がやってきて授業が始まってから、この配置はつらいな、ということに気づいた。

真剣に先生の話を聞き、板書をノートに書き写している彼方くんのきれいな横顔が見えてしまうから。ときどき左の方へと視線を投げて、彼方くんの様子を気にしている遥が見えてしまうから。

私はそっとうつむき、シャーペンを握りしめている指をじっと見ながら、思う。

私は遥のことが大好きだ。本当に大切だ。

そして、彼方くんのことも、すごくすごく好きになってしまった。

大好きなふたりが近づいて、そしてもしも付き合うようになったら、私はたぶん、とても嬉しくなる。

あんなに可愛くて優しい遥と、何事にも真剣に取り組む彼方くんは、本当にお似合いだ。誰もが応援してしまいたくなるような、さわやかですてきなカップルになるだろう。私はそれを誇《ほこ》らしく思うだろう。

でも、たぶん、きっと、それ以上に苦しむだろう。彼方くんの隣に立てることを羨ましく思い、私を救ってくれた遥に嫉妬をしてしまうだろう。そして、そんな自分に嫌気が差すだろう。

いやだ。遥の恋を応援したいのに。決して汚い感情を彼女に向けたりしたくないのに。

自分の恋心は捨てて、遥を応援したい。協力したい。

それなのに、……ぐるぐると思考が同じ場所を旋回《せんかい》する。

気がついたらチャイムが鳴り、授業が終わっていた。

「遠子」

私が我に返ったのは、ひそひそ声で私を呼ぶ遥に気づいたからだった。

「いざとなったら緊張してきた……ちゃんと喋れなかったらどうしよう。やっぱり今度にしようかな」

緊張と高揚《こうよう》を隠しきれない様子の遥。私はなんとか笑みを浮かべた。

「せっかくのチャンスなんだから、行こう」

立ち上がり、遥の肩を押して彼方くんの席に向かう。彼は教材を片付けながら、他のクラスの男子たちと談笑していた。

「ねえ、でも、どうしよう、話題なんかないよ……なんて話しかければいいの」

遥は焦ったようにそう言って、足を止めた。私は少し考えてから答える。

「勉強のこととか、部活のこととか……」

「ええー、勉強のこと？　なにも思いつかない。部活も、陸上のことはよく分からないし……」

遥は困惑した表情で足を止める。

せっかくの機会を逃してしまう、と焦った私は、彼方くんの方に視線を投げた。

そのとき、彼の足元に消しゴムがひとつ、落ちているのを発見した。青いカバーのついた消しゴム。同じものを彼が数学の授業で使っているのを、私はたしかに見た。

「……遥、あれ。消しゴム。羽鳥くんのじゃないかな？　あれ拾って、声かけたらいいんじゃない？」

私は彼方くんの足下を指差しながら遥に耳打ちした。遥は「あっ、本当だ」と言ってうなずき、そっと彼の後ろに回りこんで、消しゴムを拾って立ち上がった。

「……あの、これ、落ちてたんだけど……」

遥が小さく声をかける。じっと見守っていた私には聞こえたけれど、友達との話に夢中になっている彼方くんには聞こえないようだった。遥が恥ずかしそうに視線を逸《そ》らしてしまう。

私は思わず彼女に近寄り、励ますようにそっと背中を叩いた。遥がちらりと私を見て、少し苦く微笑む。

それから意を決したように息を吐いて、「彼方くん」と呼びかけた。

彼が目を丸くして遥を振り返る。

「あ、えーと……たしか、三組の」

「広瀬《ひろせ》遥です。あの、消しゴム落ちてたんだけど彼方くんのじゃない？」

遥は緊張のせいか、いつもよりも早口で言い、拾った消しゴムを彼方くんに差しだした。

彼方くんが「あ」と声を上げて、机の上の筆箱を少し見てから、「俺のだ」と言った。

「全然気づかなかった。ありがとう、助かった」

彼方くんは、太陽のような明るい笑顔で遥に笑いかけ、消しゴムを受けとる。

そのとき、彼方くんの指先が、遥の手のひらに軽く触れたのを、私の目ははっきりと見た。

遥は照れたように頬をほんのりとピンク色に染め、「どういたしまして」と微笑んだ。

一瞬、ふたりが見つめ合う。私の目には、背景にきらきらと光の粒《つぶ》が舞っているように見えた。

なんてお似合いなんだろう。彼らが向かい合って立ち、視線を交わしているのは、とても自然なことに思えた。

「あっ、あの」

遥が勇気を振りしぼるように声を上げる。

「ん？」

「覚えてないかもしれないけど……四月にね、私が東階段のところで気分が悪くて動けなくなってたとき、彼方くんが声かけてくれて、保健室に連れていってくれたの」

その言葉に、彼方くんは目を丸くした。それから「ああ」とにっこり笑ってうなずく。

「覚えてるよ。あれ、広瀬さんだったんだ。ごめん、あのときあんまり顔が見えてなかったから、気づかなかった」

「あ、うん、そうだよね。……あの、あのときはありがとね」

恥ずかしそうに頬を赤らめて頭を下げる遥。

「べつに当たり前のことしただけだし」と笑う彼方くん。

そんなふたりを見ていられなくて、私はそっとその場を離れた。

きっとこのふたりは付き合うことになるのだろう、と思った。そして、私はかたわらでそれを見続けることになるのだろう。

それは予感だ。すばらしくて嬉しくて、苦しくて切ない予感。

「……やばい！　近くで見たらやっぱりめっちゃかっこよかった！」

彼方くんたちが出ていってしばらくしてから、遥が堪《た》えかねたように言った。他のクラスで授業を受けて戻ってきた香奈と菜々美が興味津々の表情で集まってくる。

私は数歩下がり、ふたりが入れるように場所を空けた。

彼女たちは遥の周りを取り囲むように立ち、顔を寄せて、遥の話にうんうんと相づちを打つ。

「彼方くんと仲良くなろう作戦、上手くいった？」

「うん、なんとか！　ちょっとだけど、ちゃんと話せた」

「へえ、すごいじゃん。よくやったね」

偉い偉い、と褒《ほ》めるように菜々美が遥の頭を撫《な》でた。

「うん。なんて話しかけようって迷ってたんだけど、遠子が彼方くんの落とし物、見つけてくれて。だから、それを拾って声かけたの」

「へえ、すごい。ナイスタイミングだね」

と菜々美が目を丸くする。

「遠子、グッジョブ！」

香奈がそう言って私に抱きついてきた。びっくりして肩が震えてしまったものの、なんとか平静を保つ。

私はあまり友達が多くないし、これまで仲良くしてきたのは大人しいタイプの子が多かったから、こういうふうに密着してくるようなコミュニケーションには慣れていなかったのだ。

「ねえねえ、遠子から見て、遥と彼方くん、どんな感じだった？」

香奈が私に抱きついたまま、首を傾げて訊《たず》ねてくる。私は体を少し硬直させたまま、

「え？」と聞き返した。

「彼方くん的には遥のこと、どう思ってるっぽい？」

「うーん……」

遥の前でそんなことを訊かれても困る。どんな顔をすればいいのか。少し迷ってから、私は口を開いた。

「けっこういい感じ、だと思ったよ。彼方くん、遥ににっこり笑いかけてたし」

その場のノリで無責任なことは言いたくなかったから、慎重に事実だけを伝えた。いい感じだと思ったのは本当、彼方くんが笑顔を見せたのも本当だ。

私の答えを聞いて、香奈と菜々美が「きゃあ」「本当に!?」と声を上げた。

「そりゃそうだよね、遥みたいに可愛い子から声かけられたら、男なら絶対嬉しいもんね！」

「えぇー？　そんなことないよ」

香奈の言葉に遥は困ったように首を振る。

彼女は今まで何度『可愛い』と言われてきたんだろう。さぞ言われ慣れているんだろうな。そんなことをふいに思って、自分の中の黒い感情にうんざりした。

「そんなことあるって！　このままどんどん仲良くなったら、本当に付き合っちゃうかもね」

香奈がからかうように笑ったそのとき、遥の視線がすっと廊下側の窓に流れた。つられたように私たちも廊下の方を見る。

どきりと胸が音を立てた。

彼方くんがいた。何人かの男子と一緒に歩いている。

菜々美が「あっ、噂をすれば！」と声を上げた。

それが聞こえたのかは分からないけれど、笑いながら横を向いていた彼方くんが、ふっとこちらを振り向いた。

どくどくと心臓が脈打つ。

変な顔になっていそうな気がして、遥たちに見られないように、私はすっと一歩後ろに下がった。

「あっ、遥ちゃんだ」

彼方くんの隣にいた男子がそう言って、にやにやと笑いながら彼方くんの脇腹を肘でつついた。

「なになに、どうしたの？」と他の男子が声を上げる。

「さっき彼方のやつ、遥ちゃんに消しゴム拾ってもらったんだよな」

「えー、マジかよ！」

「羨ましい！」

彼らはこそこそ話しているようで、でもその内容は私たちのところにも届いていた。

香奈は楽しそうに、遥を見て肩を叩いている。

遥は照れたように笑っていた。

「彼方、めっちゃラッキーじゃん」

「超可愛いもんなあ、遥ちゃん」

「もしかして、これきっかけで付き合っちゃったりすんじゃねえの？」

男子たちにからかわれていた彼方くんは、「そんなわけないだろ」と少し困ったように笑って、ちらりとこちらを見た。

遥が、ぴょこんと立ち上がって、彼方くんに小さく手を振る。

男子たちの間で、ヒューッと声が上がった。彼方くんは「うるさいって」と笑ってから、こちらに向きなおって、

「さっきは消しゴムありがとな」

と遥に手を振った。

その様子に、男子たちがいっせいに騒ぎだす。

「わー、ラブラブかよ、彼方ー」

「見せつけんなよ、彼方ー」

「見せつけてないって、ただお礼言っただけだろ。ほら、もう行くぞ、遅れるから」

彼方くんは苦笑を浮かべながら彼らを連れて廊下の奥へと消えていった。

彼らの声が聞こえなくなった瞬間、遥は両手で顔を覆い、「ひゃああ」と小さく叫んで床に崩れおちた。

「彼方くんが手、振り返してくれた！　めっちゃかっこよかった！　ああもう、やばい、心臓痛い、嬉しすぎて震えるよー」

遥の混乱ぶりを見て、香奈が「どんだけー？　喜びすぎでしょ」と大笑いした。

でも、私には遥の気持ちが分かる。痛いほど分かる。

ただ遠くから見ていることしかできなかった憧れの人と、真正面で向き合って、言葉を交わして、微笑みかけられるということが、どれほど嬉しいか。

悲しいほどに、分かってしまう。

この日のことをきっかけに、香奈と菜々美は積極的に遥を連れて彼方くんに声をかけるようになった。

初めは緊張して上手く話せなかった遥も、しばらくすると慣れてきて、ずいぶん打ちとけて話すようになった。私はいつも三人の後ろに立って、楽しそうに話す遥と彼方くんを視界の端で見ていた。

そのうち遥は、香奈たちがいなくても彼に声をかけるようになり、英語の授業のときにも毎回ひと言は必ず会話をするようになった。

こうやってふたりは、どんどん仲良くなっていくんだろうな、と思った。そしてそのうちに付き合い始めるんだろう。

遥が彼方くんと親しくなるにつれて、反対に私は彼とは話さなくなった。数学の授業もなるべく開始直前に行くようにして、話す機会をつくらないようにした。

これ以上彼方くんとの距離が縮まると、いざ遥と彼が両思いになったときに、分かっていたはずなのにすごくショックを受けてしまう気がしたのだ。

そうしているうちに、あっという間に一学期が終わった。

たとえ、これが夢でも

夏休みに入っても、私の生活はそれまでとあまり変わらなかった。

七時半に家を出て、八時半前に学校に着く。普段は三組の教室に直行するけれど、夏休み中は教室棟を素通りして、旧館の美術室に向かう。

歩いている間、体育館やグラウンドからは、練習に励む運動部の生徒たちのかけ声が聞こえ続けていた。

色葉《いろは》高校では、夏休みが明けるとすぐに文化祭が開催《かいさい》される。美術部は毎年、『色《いろ》高画廊《こうがろう》』という出し物をやっているらしい。部員たちの絵画を、旧館の長い廊下に展示するのだ。作品点数もテーマも自由でなにを描いてもいい。

その作品制作のために、夏休み中開放されている美術室に私は毎日通っていた。

とはいっても、美術部は幽霊部員が多い上に、マイペースな個人活動を好む部員がほとんどなので、部活に来ても誰もいないことが多かった。

暑い中で学校に来るのはいやだから家で制作するという人もいるし、二学期が始まってから文化祭までの間の一週間で適当に仕上げるという人もいるようだ。

深川先輩だけは私と同じように毎日登校して絵を描いている。でも、美術室は暑いから集中できないと言って、どこかべつの場所に道具を持っていって描いているらしく、私とはほとんど顔を合わせなかった。

美術室の入り口の扉を開けると、まだ午前中の早い時間だというのに、窓から射しこむ太陽の光でむわっとする熱気が押しよせた。

絵の具と粘土と埃《ほこり》の匂いが立ちこめている。窓に直行してがらりと開くと、そよ風がそっと吹いてきた。

私はしばらくの間、窓際に立って風を受けながら汗が乾くのを待ち、それからイーゼルを出してキャンバスを立てかけた。溶き油で絵の具を薄め、平筆にとって、描きかけの絵に色を重ねていく。

文化祭では、静物画と風景画を一枚ずつ展示しようと思っていた。もし余裕がありそうなら、もう一枚出したい。できれば人物画、それか動物画を考えている。

一昨日、遥から『毎日暑いね、最近どうしてる？』とメッセージが来て、『文化祭の準備で毎日学校行ってるよ』と返したら、『夏休みなのに学校に行くなんて偉いね』とびっくりされた。

でも、べつに私は偉くもないし、頑張っているわけでもない。描くのが好きなのはもちろんだけれど、絵を描いている間はいろいろなことを考えなくて済むから、気が楽になるのだ。恋愛のこととか、進路のこととか、私を落ちこませたり悩ませたりすることを、少しの間だけでも忘れられる。

現実逃避、とまではいかないけれど、絵を描くことで、悩みや苦しみから逃れているのかもしれない。


夢中になって絵を描いていて、気がついたらずいぶん時間が経っていた。

肩と腰がすっかり固まってしまっていたので、私は筆を置いて大きく伸びをした。

その拍子に、なにげなく窓の外に目を向けた。そして、棒高跳びの準備をしている彼方くんを見つけてしまった。

ああ、またやってしまった。最近気をつけていたのに。癖はなかなか抜けない。

自分にあきれながら、キャンバスに視線を戻そうとしたそのとき。

まさかの事態が起きた。

彼方くんが、ぱっとこちらを向いたのだ。

「……っ」

驚いて息を呑んだけれど、そのときにはすでに目が合ってしまっていた。

どうしよう、とたじろいでいると、彼方くんはにっこりと笑って軽く手を上げた。

反射的に私も手を振り返す。

すると、驚いたことに彼は軽やかな足取りでこちらに向かってきた。

「久しぶり」

あっという間に美術室の窓にたどりついた彼方くんは、そう声をかけてきた。

「久しぶり……」

なんとか小声で返すと、

「急にごめんな。絵描いてるのが見えたから、どんなの描いてるのかなって、なんか気になっちゃって」

「え……」

彼方くんの視線が私の前のキャンバスに注がれている。

「それ、望月さんが描いたんだよな？　すごい、めっちゃ上手じゃん。マジですごい」

彼の顔は真剣で、からかっているようでも、冗談を言っているようでもなかった。

だからこそ、どうすればいいか分からない。

なにも言えずに黙りこんでいると、しばらくしてから彼方くんがこちらに顔を向けた。

「あ、ごめんな、急に。失礼だし、びっくりさせちゃったよな」

ばつの悪そうな顔で微笑みかけられて、私はやっと金縛《かなしば》りが解けたように首を横に振った。

「ううん……全然、大丈夫」

「そう？　それならよかった」

彼方くんが窓枠に頬杖をついて、太陽を背負ってにっこりと笑った。それからまたキャンバスに視線を戻し、しばらく見つめてから、彼はくるりと振り向いた。

「よかったらさ、他の絵も見てみたいな。完成してるやつとか」

屈託のない笑顔。心臓が今にも爆発しそうに激しく脈打ちはじめた。

「あ、いやだったら、全然かまわないんだけど」

「えっ、いやだなんて……ないよ」

断れるはずもなく、私は恥ずかしさを覚えながらも立ち上がる。

美術室の後ろには木棚があり、その中にたくさんのキャンバスが立てて並べられていた。左の方がより古いもので、何年も前の作品もあったりする。右の方には、ここ数年のものが並んでいて、いちばん右には今年の作品が立てかけられている。

今年といっても、私と深川先輩のものしかない。その中から、五月に描いた小さな作品を取りだした。

緊張のあまり足に力が入らなくて、手も小刻みに震えて、上手く声が出せない。

私は無言で彼方くんに絵を見せる。その瞬間、彼が「おお」と声を上げた。

「猫の絵だ。すごい、本当に上手いな。毛とか一本一本描いてある！　浮きでてるみたい、やべえ」

彼は照れもせずに褒め言葉を次々に並べ立てる。恥ずかしくて、嬉しくて、頭がおかしくなりそうだった。

それでうつむいていた私は、だから次の彼の言葉が聞こえたとき、弾かれたように顔を上げた。

「と、こ？」

なにを言っているんだろう、と不思議に思って見ると、彼は真剣な表情で私の絵の、キャンバスの右下の辺りを凝視していた。

少し考えて、気がつく。その絵には、Tokoとへたなサインが入れてあったのだ。深川先輩が自分の作品にSeiji.Fと流れるような筆記体のサインを入れているのを見て、それの真似をして書いたものだった。

あまりの恥ずかしさに顔から火が出そうになる。

「いや……ええと、それは……」

声を絞りだしたはいいものの、あとに続く言葉が思いつかない。かっこつけてサインなんか入れた二ヶ月前の自分を心から恨《うら》んだ。

そのとき彼方くんが、思いついたように、

「あっ、名前か！」

と言って、ぱっと顔を上げた。

「〝とおこ〟って読むんだよな、望月さんの下の名前」

うん、とうなずいてから私はうつむいた。たいして上手くもないのに自慢げにサインを入れているなんて、恥ずかしくて恥ずかしくて、顔が燃えてしまいそうに熱い。

「たしか、遠い子って書いて。授業の名簿で見たよ」

「……うん」

「可愛い名前だよな」

その言葉に、驚いて顔を上げる。

遠子、という名前は、昔からあまり好きではなかった。気に入らないとか嫌いというわけではないけれど、〝子〟がつくのは昔の名前という感じがしたし、小さいころは男子から『ダサい名前』とからかわれたり、『おばあちゃんみたい』と言われたりしていた。それが恥ずかしくていやだったのだ。遥や香奈や菜々美のような、現代的な女の子らしい名前を羨ましいと思っていた。

それなのに、たったひと言で、こんなにも世界は変わるなんて。

彼方くんが『可愛い名前』と言ってくれただけで、一瞬にして私はこの名前が誇らしくなったのだ。

お父さんお母さん、この名前をつけてくれてありがとう、なんて現金なことを思う。

「……ありがとう」

小さくお礼を言うと、彼方くんがにこっと笑った。

ああ、好きだなあ、この笑顔。

雲ひとつない青空みたいに澄みきった笑顔。見ているだけで心がきれいに洗われて、軽くなるような気がした。

好きだ。本当に、心から。

そう思ってしまってから、私は慌てて気を引きしめた。こんなことを考えるのはやめよう。

うつむいて、気持ちを切り替えるために筆をとる。なぜか、指が細かく震えていた。

彼方くんは私の気持ちに気づくはずもなく、また私の絵に視線を向けた。

「すごいなあ、本当に上手いよ。って俺、さっきから、すごいと上手いしか言ってないな」

ひとり言のように言う彼方くんの言葉を聞きながら、今まで絵を描き続けてきてよかった、と密かに思った。

「それにしても、ここ、涼しいな」

ふいに彼方くんが言った。

「あ……そうだね。日陰になってるから」

せりだした二階のバルコニーが太陽の光を遮り、窓辺に影をつくっているので、炎天下のグラウンドに比べたらずいぶんと涼しく感じるのかもしれない。

「走ってるとめちゃくちゃ暑いからさ」

「そうだよね、大変そう」

「汗止まんないよ。ここはなんか別世界って感じがして、居心地がいいな……」

バルコニーを見上げながらつぶやいた彼方くんが、そのまま無言になったので、沈黙が訪れる。

大きな窓から射しこむ光。

きらきらと輝く小さな埃。

地面に落ちる濃い影。

油絵の具のにおい。

描きかけのキャンバス。

ときおり吹くそよ風。

背後からの光に透《す》ける、日焼けして茶色くなった彼方くんの髪。

まだ少し震えている私の指。

静かで優しい無音の空間は、驚くほどに心地よかった。

「おーい、彼方！　先生が探してるぞ」

ふたりだけの沈黙が、突然の声に破られた。

窓の外に立って美術室の中を覗きこんでいた彼方くんが、弾かれたように振り返った。

「あ、やべ。練習後に呼ばれてたんだった」

しまった、と照れたような笑みを浮かべて、彼方くんが片手を上げた。

「描いてるところ邪魔しちゃって、ごめんな。じゃあ」

そのまま手を振り、踵《きびす》を返す。

じゃあね、と小さく手を振り返したとき、彼方くんがぱっと振り向いて、そして言った。

「またな、遠子ちゃん」

どくっと全身が脈打った。身体全部が心臓になったように、激しく動悸の音がする。

信じられない。彼方くんが、下の名前で呼んでくれた。

グラウンドへと駆けもどっていく背中を見送る間は、なんとか持ちこたえた。

でも、彼の姿が体育用具倉庫の陰に消えた瞬間、私は腰が抜けたようにその場にへたりこんでしまった。

「……うそ。これ、夢？」

ほっぺたでもつねりたい気分だったけれど、そんな力さえ湧いてこなかった。

ああ、と声が洩れそうになった。

それくらい、どきどきして、嬉しかった。

好きな人に名前を呼んでもらえるということが、こんなにも嬉しいだなんて、知らなかった。

たった一度だけでも、彼方くんの優しい声で『遠子ちゃん』と呼んでもらえただけで、もう二度と誰からも呼ばれなくてもいい、とさえ思えた。

その響きをこの胸に一生とっていたいから。誰にも汚されずにとっておきたいから。

*

「今日はなに描いてるの？」

唐突に真横からかけられる声にも、もうさほど驚かなくなっていた。それでも、胸が高鳴ってしまうのだけは、どうしようもない。

「……花瓶の絵の続き」

高揚した気持ちを悟《さと》られないよう、私はできるかぎり平静を装《よそお》って答える。

「昨日は海岸の絵を描いてたよな。交互でやるもんなの？」

「ううん、昨日、遅くまで描いてて、まだ絵の具が乾ききってないから」

「あ、そっか。なるほどな」

ふうん、と言いながら、彼方くんはいつものように窓枠に頬杖をついた。

彼方くんが動くたびに陽射しの加減が変わって、キャンバスに複雑な陰影ができる。

その少し跳ねた彼の毛先の影に添うように、私は絵筆を走らせた。

彼方くんの影に、彼方くんの笑顔のような鮮やかな黄色をのせていく。

真っ白な花瓶に活《い》けられた向日葵《ひまわり》の花。昨日までの下塗りで全体に薄い色を塗ってある。今日は濃い色を使って本格的に形を取り始める予定だ。

「油絵ってさあ、なんか、途中だとなに描いてるんだかよく分からないもんなんだな」

彼方くんが不思議そうに首を傾げながら言った。

私はうなずいて、手を動かしながら答える。

本当は目を見て話すべきかも知れないけれど、彼は絵を描く過程を見るのが好きらしいので、彼が見ている間はなるべく手を止めないようにしていた。

「いろんな色を重ねて、混ぜ合わせて、それで少しずつ出したい色に近づけていくから。だから、形も最初はぼんやりしててあいまいで、だんだんはっきりさせていくの」

言いながら、まるで恋と同じだ、と思った。

初めはぼんやりした形と色をしているのに、小さなことがきっかけになって、いろんな感情の色が重なりあって、だんだんとはっきりした形が作られていく。

そして、いつの間にか、知らないうちに、ほのかな憧れが色鮮やかな恋になっている。

たとえそんなつもりはなくても、勝手に。

「へえ、そっか。完成したらどんな絵になるのかなあ」

彼方くんは目を細めて楽しそうに笑った。

完成するまで毎日見に来てくれるの？という言葉が飛びだしそうになって、私は慌てて唇を噛んだ。

そんなこと、訊かなくていい。訊く必要はないし、訊かないほうがいい。知らないほうがいい。

来てくれなくたっていいんだ。むしろ、来ないほうが助かる。だって、集中できないし。

……違う、そんなのはうそだ。自分にうそをつきたくて、言ってみただけ。

私はたしかに、彼が来るのを楽しみにしている。だから、彼が覗きこみやすいこの場所に必ずキャンバスを置いて描いているし、彼が来るかもしれない時間には必ず美術室にいるようにしている。我ながら見え透いた行動だ。

あの日から、彼は毎日ここに顔を出すようになっていた。

グラウンドに何時間も立っていると暑くて暑くて倒れそう、と言って、休憩時間になるたびに『避暑しに来た』と笑ってこの窓辺まで来るのだ。

たまに、練習前や部活が終わったあとにもちらりと覗いていくことがあって、おかげで私は毎日、夕方まで美術室にこもり続けることになった。

部活がない日も彼は自主練として走りに来るので、日曜以外は毎日彼と顔を合わせていることになる。

「遠子ちゃん、ほんと毎日頑張ってんな。尊敬する」

屈託のない顔でそんなことを言われると、後ろめたくてなにも答えられなくなってしまう。今の私は、絵を描くためというよりは、彼方くんに会うために毎日ここに来ているのだ。

「あ、もうすぐ部活始まる。じゃ、またあとで」

彼方くんはそう言って、軽やかな足取りでグラウンドの真ん中へと走っていった。

初めにウォーミングアップで一時間ほど走ったり軽く跳んだりして、それから本格的に棒高跳びの練習に入る。毎日見ているからすっかり順番を覚えてしまった。

二十人ほどの部員が固まってトラックを走っている。でも、彼方くんだけ浮き彫りにされているように、私の目にははっきりと浮かび上がって見えた。

彼方くんは、跳ぶ姿だけじゃなくて、走る姿もとてもきれいだ。

スケッチブックを取りだし、鉛筆を走らせる。

夏空の下になびく、さらさらの髪。

目映《まばゆ》い光に縁取られた、端正《たんせい》な横顔の輪郭。

さわやかな風を切る、ほっそりと長い腕。

力強く地面を蹴る、伸びやかな脚。

彼を描きたいという気持ちを抑えるのは、やっぱりひどく難しかった。

彼方くんは練習中はこちらに来ることはないので、見られる心配はない。だから、今だけは、思う存分、思うままに彼を描くことができた。

「……幸せ」

思わず、ぽろりと言葉がこぼれ落ちた。しまった、と思ったけれど、ここには誰もいないし、まあいっか、と思い直す。

「幸せだ」

少し声を大きくして言ってみた。

彼方くんと話せるようになっただけでも十分すぎるほどに幸せだったのに、毎日会えるなんて。名前を呼ばれて、毎日話せるなんて。

「幸せすぎる……」

私にはもったいないほどの幸せだ。なんだか怖いくらい。

幸せな日々が続くようになって、もう二週間。

でも、まだ夢を見ているようだった。柔らかくて、甘くて、幸せな夢。たしかに現実だと分かっているけれど、分かっているのに現実味がなくて、ふわふわしていて。

それでもいい。たとえ、これが夢でも。夢だとしても、私は今、これまでの人生でいちばん幸せだった。

窓の外を見る。いつの間にかウォーミングアップの時間が終わり、彼方くんは棒高跳びの練習を始めるところだった。

グラウンドの真ん中から移動してくる彼の姿が、少しずつ大きくなってくる。目が逸らせなくて、思わずじっと見つめてしまった。すると彼方くんもこちらに気づいて、軽く手を上げて笑ったのが分かった。

心臓が大きく跳ねる。頬が熱くなって、頭がぼんやりしてきた。

なんとか手を振り返して、いたたまれなさに視線を落としてから、慌ててスケッチブックを閉じる。そのまま胸に抱きしめて、ふうっと息を吐いた。

そのとき、机の上に置いていた鞄の中でスマホが震える音がした。取りだして画面を見た瞬間、今までの満ち足りた気持ちが一瞬にして凍《こお》りつく。

「……遥」

その名前を見た瞬間、夢から覚めたような気がした。

『ちょっと話したいことあるから、電話していいとき教えて』

可愛らしいスタンプとともに、そんなメッセージが送られてきていた。

『電話していいとき』というひと言に、遥らしい気遣いだな、と思う。私はスマホを握りしめたまま外を見た。

彼方くんが助走をしているのに気づいて、跳ぶ姿を見てしまう前に視界から外した。迷いが生じてしまう前に遥に電話をかける。すぐに通話がつながった。

『もしもし、遠子？』

「うん。メッセージ見たから」

『こっちからかけたのに。今、話しても大丈夫？』

「うん、大丈夫」

『部活中じゃなかった？』

どこまでいっても気遣いを忘れない遥。完璧な優しさ。それを尊敬しているけれど、心からすごいと思うけれど、今はとても、苦しい。

「……うん。そうだけど、休憩中だから大丈夫だよ」

電話の向こうに微笑みながら私は答える。画材が入った棚のガラス戸に、へたな笑顔が映っていた。

遥からの電話は、香奈たちとの遊びの誘いだった。せっかく私なんかを誘ってくれたのだから、これからの関係を考えても行っておいたほうがいいとは思ったけれど、どうしても上手くやれる気がしなくて、部活を言い訳にして断った。

電話が切れたあと、また無意識に彼方くんを見る。
あれは夢、と私は心の中でつぶやいた。
夢だから、一瞬で消えてなくなる。
だから、今だけのこと、と自分に言い聞かせた。

もっと、胸に秘めて

「毎年思うことだけどさ、夏休みって本当あっという間だよな」

私が作業するのを横から眺めながら、頬杖の彼方くんが言った。私は細筆で差し色を細かく入れながら「ほんと早いよね」とうなずく。

「この前終業式があったばっかりって気がするのに、もう来週には始業式だもんね」

「だよなあ。でもまあ、どうせ俺らはほとんど毎日来てたから、学校始まってもあんまり変わらないけどな」

「ふふ、たしかに」

と笑いながらも私は、彼方くんがさりげなく〝俺ら〟とまとめてくれたことに心が躍《おど》るのを感じた。

いつの間にか八月末になり、夏休みも終わりが見えてきた。

二学期になったら約一週間後には文化祭。そろそろ本腰を入れて作品を仕上げないといけない。

今日もいつものように午前中から絵を描いていたら、昼過ぎになって彼方くんが顔を覗かせた。これから陸上部も練習があるらしい。

でも、彼の様子がいつもと違うのを私は初めから感じていた。

普段なら十分ほどで美術部の見学を切り上げてグラウンドに戻るのに、今日はもう三十分近くもこうして私の作業の様子をぼんやり眺めているのだ。

いつも通りの調子で話しているのに彼の声には張りがなく、その表情もいつになく元気がなくて翳《かげ》りがあることに、私は気づいてしまった。

「……なにかあったの？」

なるべくさりげなく訊こう、と決心していたのに、いかにもなにかありそうな訊き方になってしまった。

彼方くんがゆっくりと顔をこちらに向ける。でも、なにも言わない。

どうすればいいか分からなくて黙っていたら、彼がふいに口を開いた。

「……遠子ちゃんはさ、スランプとか、ある？」

唐突な問いに意表を突かれて「え？」と声を上げると、彼方くんがその長い指で描きかけの絵を指差した。

「どうしても上手く描けない、思い通りにいかない、ってこと、ある？」

ああ、そういうことか、と思いながら私は深くうなずいた。

「うん、あるよ。思ったように描けないとか、描きたいイメージが上手く固まらなくて描けないとか」

「そっか。やっぱり絵でもあるんだな」

「うん。それに、描きたいものが見つからない、っていうこともあったし」

今はないけれど。いつだって彼方くんのことが描きたいから。

「そっか……」

彼方くんはなにかを考えこむようにじっと私の絵を見て、それから言葉を続けた。

「そういうときは、どうしてる？　どうしても思うようにいかないとき」

真剣な声音だった。

だから私も真剣に考えて、真剣に答える。

「……とにかく描く、かな」

私の答えを聞いて、彼方くんが目を丸くした。

「でもさ、それって、苦しくない？」

「苦しいよ。苦しいけど……」

上手く描けなくなることは、今まで何度もあった。そういうときは絵の具を見るのもいや、と思ってしまいそうになるけれど。

「上手く描けなくて苦しくても、思ったように描けなくて自分がいやになっても、とにかく椅子に座って、キャンバスに向き合って、筆を握って、なにか描くことにしてる」

この席に座って、窓の外の彼方くんを見ながら。それはさすがに言えなかったけれど。

しばらく黙っていた彼方くんが、「そっか……」とぽつりとつぶやいた。

「苦しくても、いやになっても、とにかくやる、か」

繰り返すように言った彼方くんが、くすりと笑みを洩らす。

「遠子ちゃん、すごいな」

私は驚いて、ふるふると首を横に振る。

「私がすごいんじゃなくて、どこかで聞いたことがある受け売りだよ。小説家の人か誰かが、書けないときでもとにかく机の前に座ってペンを握る、そしたらなにか生まれるから、みたいなこと言ってて」

「そうなんだ。でも、なんか、うん。目が覚めたよ」

え？と訊き返したら、彼方くんが「じつは」と話し始めた。

「最近ちょっとスランプ気味でさ。七月の大会のときは、すごく調子よかったんだけど……」

そうだ。たしかに彼方くんはそのときの大会で入賞したと言っていた。

「でも、八月に入ったくらいからかな。なんか、ちょっとずつ調子が悪くなっちゃってさ。自己記録が更新できないどころか、ここ数日は、今まで簡単に跳べてた高さで失敗するようになって……」

彼方くんが少し振り向き、グラウンドの方を見つめた。

横顔が昼下がりの白い光に照らしだされる。

なんとなく、分かるような気がした。だって私は、ずっとずっと、彼方くんの跳ぶ姿を毎日見てきたから。

この二週間ほど、彼の跳び方にはどこか硬さがある気がしていた。どこが、と言われても、専門ではないからよく分からないけれど、なんとなく。

彼方くんが目を細めながら言う。

「そしたら、だんだん跳ぶのがいやっていうか、……怖くなってきちゃってさ。跳びたくないなって気持ちが、生まれて初めて湧いてきて……。ああもう練習に行くのいやだなって、昨日は寝れなくて、朝までずっと……」

そういうことか、と思った。だから今日はいつになくグラウンドに行くのが気乗りしない様子で、いつまでもここにいたのだ。

「……こんな情けない話、聞かされても困るよな。だから誰にも言えなかったんだけど……」

彼方くんが振り向いて、力のない笑みで私を見た。

「でも、あれだな。そんな弱音とか吐いてる暇《ひま》あったら、とにかく練習しろよって感じだよな」

彼方くんは、ははっと笑った。

でも、その顔にはやっぱりいつものはつらつとした輝きがない。きっと彼方くんは、ここのところずっと、調子が悪いこと、記録が伸び悩んでいることで苦しんでいたんだろうな、と分かった。

私の目が自然と、横の椅子に置いてあるスケッチブックに向く。毎日のように描き続けた彼方くんの跳ぶ姿が、そこにはいくつか残っている。描いては消して、描いては消してを繰り返していたけれど、深川先輩の絵の神様の話を聞いて以来、消せずにいたのだ。

どうしよう、と思った。

やめておいたほうがいい、と言う声が頭の中で聞こえた。でも、彼のことを思うなら、と言う声もした。

彼方くんに目を向ける。少しつらそうな笑みを浮かべながらグラウンドを見ていた。いつもはあんなに生き生きとして、楽しそうに走ったり跳んだりしているのに。そんな苦しそうな表情でグラウンドを見てほしくない。

なにより、私だけに悩みを打ち明けてくれた彼の力に、少しでもなりたい。

だから、私はスケッチブックの表紙をめくった。

七月下旬の日付が入ったページと、数日前の日付が入ったページ。二枚をちぎって、彼方くんに差しだす。

どきどきしすぎて胸が痛いくらいだった。

彼方くんが目を丸くして首を傾げながら受けとってくれる。

ああ、渡してしまった。もう後戻りはできない。

「なに、これ？」

言いながら彼方くんが二枚の紙を覗きこむ。じっと見つめてから、驚いたように大きく目を見開いた。

「え……。これって、もしかして、俺？」

私はこくりとうなずいた。そこには、彼方くんが空へと跳び上がった瞬間の姿が鉛筆でスケッチされている。

「うん……ここから見て、描いたやつ」

「……マジで？　うわ、本当に？」

彼方くんがうつむいたままつぶやいている。逆光になって、その表情はあまり分からなかった。

でも、とたんに恐ろしくなる。

気持ち悪いと思われたんじゃないか。もしかして俺のこと好きなの？と引かれたんじゃないか。怖くて怖くて仕方がなくなる。
だから、彼方くんが「なんで？」とひとり言のようにつぶやいた瞬間、私の口から
そんな言葉が飛びだしたのだ。
「違うの！　あのね、彼方くんの身体が好きなの。だから描きたかったの！」
言ってから、しまった、と海の底より深い後悔に襲《おそ》われた。
なにを言っているんだろう、私は。身体が好きだなんて。
違うのに。いや、違わないけど。
彼方くんの骨格や筋肉の付き方は理想的だと思うけど、身体が好きだなんて言い方
は、あまりにも露骨《ろこつ》で恥ずかしい。
かといって、『彼方くんのことが好きだから描いた』なんて言えるわけもないから、
なんとかごまかそうとしたら、そんなことを口にしてしまったのだ。
ああ、大失敗だ。どうしよう。でも、言ってしまったものはどうしようもない。
彼方くんが目を丸くして私を凝視していた。その頬が心なしか赤く染まっているよ
うな気がする。
「え……身体が……好き？　俺の？」
そんな、わざわざ繰り返さなくてもいいのに。
私は顔の熱さで死んでしまうんじゃないか、と思いながらうつむいた。うん、とも、

いや違う、とも言えなくて、黙っていることしかできなかった。

目を丸くしていた彼方くんが、ふはっと柔らかく噴きだした。それからけらけらと笑う。

そういえば、こんなふうに屈託なく笑うのを見たのは久しぶりだった。ずっと棒高跳びのことで悩んでいて、落ちこんでいたのだろう。

「ははっ、ごめん、笑っちゃって。なんか、遠子ちゃんのリアクションが面白かったから」

「ううん……私の言い方もおかしかったし」

「ああ、身体が好きって。まさか遠子ちゃんがそんなやらしいこと言っちゃうなんてな」

冗談めかして言われて、かあっと顔が熱くなる。心臓がばくばくとうるさい。

「あはは、すごい真っ赤」

彼方くんがおかしそうに笑いながら覗きこんでくる。私が両手で頬を押さえて「見ないで……」とうめくと、「ごめん、ごめん」と彼は謝ってくれた。

「それにしても……」

彼方くんの声がふいに真剣なものになり、顔を上げて見てみると、私が渡したスケッチをじっと見つめていた。

二枚の絵を交互に見ながら、彼方くんはなにか考えこむようなしぐさをしている。

「これ、本当によく描けてるな。空中での体勢まで……。すごく参考になるよ」

うん、そういうことか、と独りごちながら、最近描いたほうの絵を凝視する。

「よし！」

しばらくしてから彼が声を上げ、私を見た。

「なんか、いけそうな気がしてきた」

そう笑った顔は、すっかり今までの元気で明るい彼方くんのものだった。

「遠子ちゃん、本当ありがとな。おかげでめっちゃ元気出たし、やる気出たし、ヒントももらったよ」

「え……そんな、私はなにもしてないよ」

「ううん。遠子ちゃんが黙々と描いてる姿とか、とにかく描くって言葉とか、すごく胸打たれたんだ。それに、この絵も」

彼方くんが二枚の絵を私の前に広げる。

「最近の自分のどこがよくないか、この絵を見たらなんとなく分かってきた。すぐに直すのは難しいだろうけど、少し意識して跳ぶだけでも、全然違うからさ」

絵を見ていた彼方くんがぱっと顔を上げると、同じように覗きこんでいた私との距離が意外にもすごく近くて、どきりとする。

「とりあえず、跳んでくるわ」

じゃ、と手を振りながら彼方くんは駆けていった。

まだ鼓動がおさまらない。

いろんな意味でどきどきしていた。

彼方くんに好きだと言ってしまった。彼方くんを描いた絵を見せてしまった。ありがとう、と言われてしまった。

でも、悩んでいた彼方くんの力に少しでも自分がなれたのなら、それでいいか、とも思えた。

「――ちょっと。なによ、今の」

ふわふわとした幸福感に包まれていた私の耳に、突然、冷ややかな声が忍びこんできた。

驚きで肩が震えて、その冷たさに心臓が跳ねる。

その声には聞き覚えがあった。おそるおそる声のする方向に目を向ける。

グラウンドと美術室の間にある木の陰に、腕組みをした香奈が立っていた。

見られていたんだ、と分かって、全身の血が一気に引いたような気がした。

どくっどくっ、と心臓がいやな音を立てる。冷や汗が額ににじむのを自覚した。

「……香奈……あ、珍《めずら》しいね、夏休みに学校に来てるの」

なんとか平静を装うために、表情を取りつくろってそんな世間話を振ってみたけれど、香奈は険しい表情のままだ。

「担任に進路面談で呼ばれたから。……ていうか、ねえ、さっきの、彼方くんだよね？」

「え……うん」

「は？　どういうこと？」

聞いたこともない声だった。香奈はいつも高くて甘い声をしているのに、今日は低くて温度のない声だ。

怒ってるんだ、と私は思った。香奈は遥のことが大好きで、私のことは少し疎《うと》ましく思っているようだ、というのはなんとなく感じていた。その香奈に、彼といるところを見られてしまったなんて。

「なに、なんで遠子が彼方くんと話してたわけ？」

香奈がこちらへ近づいてくる。私は彼女から見られない位置にスケッチを隠した。

「いや、あの、陸上部の練習場所が近いから、たまたま……」

私は彼方くんがいる辺りを指差した。彼は棒高跳びの道具の準備をしている。それを見た香奈は、「ふうん？」と眉をひそめたままつぶやいて、それから私に視線を戻した。

「まあ、いいけど。ねえ、遠子」

「……うん」

「遥のこと、応援してるよね？」

私を見つめる香奈の瞳は、私の心をたしかめるように、覗きこむように、静かに突き刺さった。

私は香奈を見つめたまま、こくこくとうなずく。

「もちろんだよ。だって私は遥のこと大好きだし」

「だよね。遥が彼方くんと上手くいくように協力するよね？」

「うん、うん」

返事が必死すぎて疑われるかも、と不安になったけれど、香奈はしばらく私を凝視してから、にこっと笑った。

可愛いけれど、どこか目が笑っていない気もした。

「そ。なら、安心した。彼方くんと仲良くなって遥と近づかせてあげようとしてるんだよね？」

「……う、ん」

「でもさ」

香奈が笑ったまま首を傾げる。

「調子に乗ったらだめだよ？」

釘《くぎ》を刺すように言われて、冷や汗がこめかみを伝うのを感じながら、私は何度もうなずいた。

じゃね、と笑いながら香奈は去っていった。校門へと向かっていく香奈の後ろ姿を見ながら、鳴りやまない鼓動を落ち着かせるために、大きく深呼吸をする。

視界の端に、宙を舞う彼方くんの姿が映った。

やっぱり、きれいだ。

でも、とても遠い。

そうだ。遠かったはずなのに、遠くから見ているだけにしないといけない、と分かっていたはずなのに。

夏の幻《まぼろし》みたいに、彼が近づいてきたから。彼との距離が縮まってしまったから。彼と言葉を交わして、笑い合ってしまったから。

私は夢を見てしまった。

でも、もう夏休みは終わる。夏の幻も、もう終わりだ。

香奈の言葉で、全身に冷水を浴びせられたように一気に目が覚めた。

もう現実に戻らないと。この思いは、胸の奥底へと沈めて、秘めておかないと。

忘れかけていた自分への戒《いまし》めを、私は久しぶりに何度も自分に言い聞かせた。

その日はもう彼の姿を一度も見ないまま、陸上部の練習が終わる前にすべての作業を終えて、逃げるように美術室を出た。

なのに、恋が溢れる

二学期が始まった。

始業式の日の午後に実力テストがあり、翌日からは普段通りの六時間授業と文化祭準備。いきなりいつも通りの学校生活のペースに戻さないといけないので、慣れるのがなかなか大変だ。

放課後は毎日美術室へと直行して、そのまま帰宅時間のぎりぎりまで居座っていた。来週末の文化祭に向けて、展示する作品の本格的な仕上げに入っているのだ。

私は夏にあったことのすべてを忘れようと、必要以上に慌ただしい毎日を送っていた。

「あーあ、夏休み終わっちゃったな」

遥が気の抜けたような顔をして、紙パックのジュースをじゅっと吸う。

「ほんと、あっという間だよね」

と私も調子を合わせた。

遥は「夏休みなんて一瞬だった」と嘆いてから、

「でも、授業は大変だけど、英語のクラスでは彼方くんに会えるから、いいや」

ころっと表情を変えて、嬉しそうに笑った。

どきりとして思わず、横に座る香奈の顔色を窺ってしまう。

香奈はスマホをいじりながら菜々美と話していて、こちらの話題には気づいていないようでほっとした。

「次は英語だから、一ヶ月以上ぶりに彼方くんに会える。やばい、なんか緊張してきた」

一ヶ月以上、という遥の言葉に、ほぼ毎日のように会っていた私は申し訳なさを感じてしまう。

「あ、授業始まる前に、トイレ行っとこ」

遥に誘われて、私も席を立つ。

廊下に出てトイレに向かう途中で、私の目は一点に吸いよせられた。

彼方くんだ。一組の教室の方からこちらへと歩いてくる。英語の授業のために教室移動をしてきたのだ。

思わず視線を逸らし、彼から顔が見えないようにうつむいた。髪がずいぶん伸びてきたので、斜め下を向いてしまえば、たぶん顔はまったく見えないはずだ。

見えない、はずなのに。

「あっ、遠子ちゃん」

　どうして気づいてしまうの。私は唇を噛んだ。

　隣を歩く遥が「え」と小さく声を上げたのが聞こえた。

　息が苦しくなる。なんとかこのまま状況が流れてほしくて、私は聞こえなかったふりをすることにした。彼方くんの声はそれほど大きくなくて、思わず声に出してしまった、という感じだったので、反応しなくても不自然ではない気がした。

「彼方くん」

　遥がつぶやいた。そのまま手を振るような気配がする。

「あ、広瀬さんだ。久しぶり」

　彼方くんの人懐《ひとなつ》っこい声が聞こえてきた。

「久しぶりー。彼方くん、夏休みどうだった？」

「部活で毎日学校来てたから、夏休みって感じしなかったな。広瀬さんは、ちゃんと夏満喫《まんきつ》した？」

「うん、まあまあかな」

　楽しげに会話を始めたふたりの横をすり抜け、遥に「先行っとくね」と声をかける。

　そのとき、視界の端に彼方くんの顔がちらりと映った。

　彼は目を丸くして不思議そうに首を傾げていた。無視して、すたすたと歩いてトイレに向かう。

遥の声が聞こえなくなったところで、少し足を緩《ゆる》めた。ふっと息を吐きだす。

つらい。苦しい。

本当は彼方くんの顔が見たかった。彼方くんと話がしたかった。

夏休みの間は毎日会っていたのに、あれ以来一度も顔を合わせていなかった。でもそれは、私が彼と鉢合わせにならないようにしていたからだ。

部活のときはいつもの窓辺から離れて死角になる位置で絵を描くようにしていたし、校内でも彼と会ってしまいそうな場所はなるべく通らないようにしていた。

合同授業のときは始まりのチャイム直前に教室に入り、終わりの挨拶と同時に教室を出た。

すれ違いかけたら他の道を使ったり、無理なときは顔を背けたり、とにかく彼と目が合わないように細心の注意を払っていたのだ。

でも、いつまでもそんなことで彼を避けるのは不可能だ。会うたびに視線を逸らすのは不自然だと思われるだろう。

そんなことは分かっていた。けれど、どうすればいいか分からなかったのだ。

彼方くんへの思いを隠さないといけない、と思うと、彼の顔を見ることさえ怖くなってしまった。

結局私はトイレには行かず、人のあまり来ない旧館への渡り廊下で適当に時間を潰して、ぎりぎりの時間に教室に滑りこんだ。

気づいた遥が駆けよってきて、「遠子、どこに行ってたの？」と声をかけてきた。

「トイレに行ったらいなくて、周り探してみたけど見つからなかったから、どうしたんだろって思ってた」

「あ……ごめん」

「いやいや、いいんだけど。もしかして具合とか悪くなったのかなって……」

心配そうな遥の顔を見て、急激に申し訳なさが込みあげてくる。私は自分のことしか考えていなくて、遥が私を探すかもとか、姿を消したら心配するかもとか、そんな当たり前のことすら思いつかなかったのだ。

「ほんとごめん、遥。探したよね……」

そこでチャイムが鳴ったので、遥は「大丈夫ならいいんだ、じゃあね」と微笑みながら自分の席へと戻っていった。

胸がずきずきと痛む。

あんなふうに気づかってくれる遥を、私はじつは裏切っているのだ。

遥の好きな人とこそこそ会って、距離を縮めていたのだ。

抜けがけ、という言葉が頭から離れなくて、苦しかった。

なんとか五十分間の授業を乗りきり、終わりのチャイムでほっと力を抜いたとき、びっくりする出来事が起こった。

「遠子ちゃん」

いきなり背後から名前を呼ばれたのだ。反射的に振り向くと、笑みを浮かべた彼方くんがいた。

驚いた。彼方くんは前の方の席にいて、チャイムが鳴ってすぐに教材を持って席を離れたので、もう自分のクラスに戻ったものだと思っていた。

まさかまだ三組にいたなんて。しかも私の後ろにいたなんて。

向こうにいる遥が私たちを見ているのが視界に入って、焦りが生まれた。

「……あ、こんにちは」

動揺のあまり、震える声でとりあえず挨拶をしてみる。

彼方くんはにこにこしたまま、「絵は順調?」と訊ねてきた。私は声を出せずになんとかこくりとうなずく。

すると、彼方くんの後ろに立っていた女子が「絵?」と声を上げた。中村さんだ。

「なに、彼方。絵って言った?」

「あ、うん。この子、美術部でさ」

彼方くんが説明するように私を軽く指で差した。すると中村さんがいやそうに顔をしかめる。

「えー、美術部？　なに、彼方ってば、なんでそんな地味なのと知り合いなの？　根暗なオタクの集まりじゃん、美術部とか」

彼女の言葉に、周りにいた数人もくすくすと笑った。

かっと顔に血が上る。私は思わずうつむいた。

地味だとか、オタクだとか、言われ慣れているし自覚もしているから、それがいやなわけじゃない。でも、みんなの前でからかいの種になったのが恥ずかしかった。

「彼方までオタクと思われちゃうよ、そんな子と仲良くしないほうがいいって」

中村さんの声で小馬鹿にするような言葉が降ってくる。

そんなの、言われなくても分かってる。彼方くんが私なんかと仲良くしたっていいことなんかないって、仲良くしないほうがいいって、そんなこと分かってる。

かといって、言い返せるわけなどなくて、ただひたすら、彼女の言葉が止むのを待っていた。

でも、その前に、彼方くんの低い声が響いた。

「――やめろよ、そういう言い方」

彼方くんのものとは思えない、硬い口調だった。私と彼女にしか聞こえないくらいの小さな声だったけれど、妙にはっきりと聞こえた。

びっくりして顔を上げると、彼方くんは声だけでなく表情も険しかった。真っすぐに中村さんを見つめている。

「中村は知らないだろうけどさ、遠子は本当に絵が上手いんだよ」

遠子、と呼び捨てにされたのは初めてだった。そのことが衝撃的すぎて、彼の言葉の内容が上手く頭に入ってこない。

「上手いのは、もとから才能があったからってだけじゃなくて、遠子がすごく頑張って練習して、描き続けてきたからなんだよ」

中村さんは、いきなり彼方くんに真剣な顔できついことを言われて気まずくなったらしく、取りつくろうように言葉を続けた。

「頑張って練習って……ださ。しかも絵でしょ？　やっぱりただのオタクじゃん」

彼女は薄い笑いを浮かべながら言ったけれど、彼方くんの真剣な眼差しは変わらなかった。

「そういうこと、あんま言わないほうがいいよ」

彼方くんは激しい口調ではなく、諭《さと》すように言った。

「頑張ってる人をばかにしたり、努力をばかにしたりするのは、よくないと思う。やめたほうがいいよ」

意外だった。

彼方くんはいつもにこにこしていて朗《ほが》らかで、人前で厳しいことを言ったりするタイプには見えなかったから。

そんな彼が、今、クラスメートにはっきり言ったのだ。気まずくなるかもしれないのに。自分の立場が悪くなるかもしれないのに。

彼がそんなことをしたのは、もしかして、私のため？

そんな身勝手な考えが込みあげてくる。

きっと勘違いだ。なんて思いあがっているんだろう、私は。

彼方くんは自分自身がとても棒高跳びを頑張っているから、日々努力しているから、そういう頑張りをばかにされたのがいやだっただけだ。私のためなんかじゃない。彼方くんが私のために、私を守るために言ってくれたなんて、勘違いもはなはだしい。

分かっているのに、嬉しさに包まれてしまう。

「……えー、なんか彼方、急にマジになっちゃって、しらける」

中村さんは気まずさをまぎらわすように肩をすくめて教室を出ていった。

彼女の後ろ姿を無言で見送って、彼方くんが私に視線を落とした。

「ごめんな」

謝られて、私は驚いて目を見開く。彼方くんは本当に申し訳なさそうな表情をしていた。

「俺のせいでいやな思いさせちゃって……気分悪かっただろ？」

「えっ、そんなことないよ」

私は慌ててふるふると首を横に振る。

「むしろ、かばってくれて、ありがとう……」

お礼を言うと、彼方くんがふわりと花咲くように笑った。

「よかった、ちゃんと口きいてくれて」

え？と首を傾げると、彼方くんは眉を下げて少し情けない顔になった。

「いや、なんかさ……ここ最近、あんまり話せなかったから。もしかして避けられてる？とかちょっとね、思ったりしてて……」

その言葉を聞いた瞬間、胸が苦しくなった。

私は彼方くんに対しても、自分のことしか考えていなかったせいで、いやな思いをさせてしまったのだ。

彼方くんと話すと思いが隠しきれなくなりそうで、それがいやで彼を避けていた。

でも、彼からしたら、今まで普通に話していた私から急に避けられることになったわけで。そんなの、いい気分なはずがない。

そんな簡単なことも、自分のことでいっぱいいっぱいだった私は気づけなかった。

「……ごめん」

謝ると、彼方くんが悲しそうな顔になった。

「え、やっぱり俺、避けられてたの？」

「あっ、ううん、違うよ！　ただ、なんていうか、タイミングが悪かっただけっていうか……」

「そっか」

慌てて弁明すると、彼方くんがにっこりと笑顔になった。

「よかった」

甘い微笑みを浮かべて、彼は「じゃ」と教室を出ていった。

その背中を見送りながら、彼のいろいろな言葉を何度も反芻する。

私をかばってくれた。そして、私が彼を避けているのを気にしてくれていた。嬉しくて、嬉しくて、息が苦しいほどだった。

「……彼方くんと、仲良くなったの？」

ひょっこりと顔を覗かせた遥を見た瞬間、氷水が降ってきたような気持ちになった。

遥の後ろには、無表情の香奈もいた。

見られていたんだ、と背筋が冷たくなる。衝撃のあまり、上手く呼吸ができなくて、ちゃんと声が出せない。

「え？　……仲？」

「うん。なんか、前よりも親しげに喋ってた気がしたから」

「……ええと、たまたま、夏休みの部活のときに、あっ、美術室と陸上の練習場所が近くてね、それで彼方くんが私の絵を見て……あの、文化祭用の」

「へえ、そうなんだ。だから絵は順調？って言ってたんだね」

「う、うん。ほんと、それだけ」

最後のひと言は余計だったかもしれない。

うろたえながら視線を泳がせると、香奈と目が合った。すっと細められた目は、今まで見た彼女の表情の中でいちばん冷ややかだった。

怯《おび》えて、思わず顔を背ける。

「ねえ、それにしてもさ、さっきの彼方くん、かっこよかったよね」

遥がふふっと笑う。私も頑張って同じように笑みを浮かべた。

「なんかさ、彼方くんって、正義感っていうか、冷静に正しい判断ができるっていうか、すごいよね」

「あ、うん、そうかもね」

「なんか大人だよねー、落ち着いてるし。かっこいいなあ」

「………………」

変な答えをするわけにもいかず、私は黙って遥の言葉を聞いていることしかできなかった。

彼女の話を聞きながら、私は何度も何度も同じことを考えていた。

遥は私の大切な人。命の恩人。彼女を傷つけること、裏切ることは、絶対にできない。

彼方くんは遥の好きな人。だから私は絶対に彼方くんを好きになってはいけない。

それでも好きになってしまった。〝好き〟を止められなかった。

それなら、隠すしかない。恋心は胸の奥底に秘めておくしかない。

それなのに、どうしてだろう。思いが勝手に溢れてしまう。

彼のことを好きな気持ちがどんどん大きくなって、彼の笑顔や言葉でどんどん膨れあがって、抑えきれないほどに溢れてしまう。

どうしよう。どうすればいい？

どうか、誰か教えてください。

〝好き〟の消し方を教えてください。

〝好き〟を消すには、どうすればいいですか？

彼のことを好きでいるのは、苦しい。とても苦しい。いやだ、好きでいたくない。

それなのに、自分の心が、こんなにも思い通りにならないなんて。

そのことを生まれて初めて私は知った。

いっそ、白く染めて

「文化祭、もうすぐだね」

文化祭を三日後に控えたある日の昼休み。

お弁当を食べていると、遥がわくわくしたように言った。

「そうだね、楽しみ」

「早く当日にならないかなー」

香奈と菜々美も同調してうなずく。

「二年生のメイド喫茶のクラスの衣装、超可愛いんだって」

「私、二組のコスプレカフェ行きたいな」

「六組はお化け屋敷やるみたいだよ」

「あーそれ聞いた、なんかめっちゃ気合入ってて、超怖いって」

三人は楽しそうに情報交換をしていたけれど、しばらくして、

「あっ、いいこと思いついた！」

と、唐突に香奈が声を上げた。

「ねえ遥、彼方くんと一緒に回りたくない？」

その言葉に遥が「えっ？」と目を丸くする。それまで黙って聞いていた私も思わず箸《はし》を動かす手が止まってしまった。

「あー、それナイスアイディア！」と菜々美がうなずいた。

「でしょ？」

遥は戸惑ったように眉を下げる。

「ええー、回れるなら回りたいけど……そんなの無理じゃない？　付き合ってるならまだしも、ちょっと話すくらいの仲なのに……」

「遥なら無理じゃないよ、誘ったら絶対回ってくれるって」

「そうかなあ」

「絶対大丈夫！　ねえ、今日声かけに行こうよ」

「えー、大丈夫かなあ」

突然の話の流れについていけなくて私が呆然と成り行きを見守っていると、香奈がにっこりと笑いかけてきた。

「ねえ、遠子もそう思うでしょ？」

なにを訊かれたかもよく分からないまま、「うん」とぼんやり答えた。

「よしっ、じゃ、今日の放課後さっそく誘いに行こう」

菜々美が言うと、香奈が「行っちゃおう！」と笑顔で遥の肩を抱いた。

放課後、私たちは四人で連れだって一組まで行った。

終礼が終わっているのを確認して、廊下の窓から中を覗きこむ。見渡すまでもなく、すぐに私の視線は彼方くんの姿に吸いよせられた。

「えーと、彼方くんどこかな……いる？　あっ、いたいた。おーい、彼方くーん！」

香奈が大声で呼ぶと、窓際で友達と喋っていた彼が顔を上げた。

「ちょっと来てくれない？」

「あー、うん、今行く」

香奈の背後に隠れるようにして私の隣にいた遥が、近づいてくる彼方くんを見て、「わあ」と声を上げた。

「どきどきしてきた〜」

私は笑って「頑張れ」と声をかける。

「どうしたの、なんか用？」

目の前にやってきた彼方くんが香奈に訊ねてから、ちらりと私と遥を見た。目が合ってしまい、思わず顔を伏せる。

「うん、あのさあ彼方くん、文化祭のときに誰と一緒に回る？」

香奈の問いに、彼方くんはきょとんと目を丸くした。

「え……うーん、まだ決めてなかったけど、たぶんあいつらとかな」

彼方くんが指差したのは、さっきまで喋っていた男子の集団だった。彼方くんがいつも仲良くしている人たちだ。

「ってことは、男子四人で回るの？」

と菜々美が訊くと、彼方くんは「まあ」と小さくうなずいた。香奈と菜々美が顔を見合わせて笑う。

「それなら、うちらと一緒に回らない？」

香奈が遥の背中を押して彼方くんの前に立たせた。遥が肩を小さく震わせる。

「ね、遥？」

香奈がにっこりと笑って、促すように遥を見る。

彼女は頬を赤らめて彼方くんを見た。

「あ……うん。彼方くんがよかったら、どうかな」

彼方くんは「え？」と、驚いたように目を丸くした。そのとき、彼方くんの後ろから男子たちがやってきた。

「なになに、なんの話？」

「おい彼方、なに女子に囲まれてんだよ」

「いや……」

彼方くんが少し戸惑ったように振り返ると、香奈が「じつはね」と事情を説明し始めた。

「おー、いいじゃん！」

「そうしよう、そうしよう」

彼らが乗り気になって言うと、香奈と菜々美が「じゃあ、決定ね」とはしゃいだ。

あっという間に話が決まった。

彼方くんは「仕方ないなあ」というように少し笑って肩をすくめる。

そんな彼を、遥は恥ずかしそうに上目遣いで見上げて言った。

「……あの、よろしくね」

「あ、うん。こちらこそ」

どこかぎこちない様子で言い合うふたりを、私はぼんやりと見つめていた。

遥にとって喜ばしい展開になったのに、香奈や菜々美と違って素直に喜べないでいる自分がいやだった。


「やったね、遥！」

一組の教室を出て三組に戻ると、香奈が遥に抱きついた。

「ありがとう、香奈たちが誘ってくれたおかげだよ」

遥が嬉しそうに笑う。

「いや、遥が可愛いからオーケーもらえたんだよ」

「そんなことないよー、それに、自分じゃ絶対誘えなかったし」

興奮した様子ではしゃぐ三人を、私は少し離れた席で教科書の整理をしながら見ていた。

すると菜々美が突然、「あっ！」と声を上げた。

「なに？」

「なにを？」

「やばい、思いだしちゃった」

「よく考えたら私と香奈、委員会の仕事あるから一緒に回れないじゃん」

その言葉に、香奈も「そうだった！」と手で口元を押さえた。

そういえばふたりは文化祭の委員になっていて、当日は二年生の全クラスの出し物を回って審査をすると言っていた。

「午後は合流できるかもしれないけど、午前中は無理だね」

「あーそうだ、残念。うちが言いだしたのに、ごめん、遥」

申し訳なさそうに謝るふたりに、遥は「気にしないで」と笑った。

「委員なら仕方ないし。ふたりとも頑張ってね」

「んー、遥ってほんとにいい子！」

菜々美がそう言って遥の髪をかきまわした。

「それに、遠子がいるし」

急に名前を出されて、私ははっと我に返った。見ると、遥がにっこりと笑って私を見ている。

「ひとりだと心細いけど、遠子もいるなら大丈夫。ね、遠子」

「あ、うん」

私は慌ててこくこくとうなずいた。

「じゃあ遠子、遥のこと頼んだよ」

「ちゃんとサポートよろしくね」

香奈と菜々美にも言われて、私はもう一度大きく「うん、もちろん」とうなずいた。

でも、頭ではべつのことを考えていた。

みんなで行くのなら、私は後ろのほうにひっそりいればいい、それならあまり彼方くんと遥を近くで見なくて済む、と思っていたのに、まさかこんな展開になるなんて。

そのとき、遥のスマホが鳴った。

「あっ、彼方くんからだ！」

遥が嬉しそうな声を上げた。さっき彼を誘ったときに香奈が『待ち合わせ場所とか時間は、遥と彼方くんが代表で決めてね』と提案して、ふたりは連絡先を交換したのだ。

「え、なになに、なんて？」

「さっき私から『明後日《あさって》よろしくね。楽しみにしてます』って送ったら、彼方くんも『よろしく。こちらこそ！』って！　ちゃんと返事もらえた、嬉しい」

遥が見せるラインの画面を覗きこみ、香奈と菜々美も楽しそうに笑っている。

「やっぱいい感じじゃん」

と菜々美が言うと、遥は恥ずかしそうに首を傾げた。

「ええ、そうなのかなあ？」

「そうだよ、絶対！」

「これなら、うちらが一緒に回れなくて逆によかったかもね」

「たしかに。人数少ないほうが距離近くなるもんね」

「えー、でも、恥ずかしいけど」

「遥なら大丈夫だって！」

そんな三人の様子を、私はやっぱり離れたところからぼんやり見ていることしかできない。

一緒に喜ばなきゃ、友達なんだから、と思いつつも、体が動かない。

どうしてこんなに頭がぼんやりするんだろう。しっかりしろ私、と頬を叩いてみた。

「これは絶対上手くいくよ」

「そうそう、絶対大丈夫」

「そうかなあ」

「そうだよ、なんか未来が見えるもん」

「えー、なによ未来って」

「遥と彼方くんが付き合ってラブラブな未来！」

「あー、私にも見えるわ」

「ね？　遠子もそう思うよね」

私は慌てて、うん、とうなずく。変に返事が遅くなったりは、しなかったはずだ。

遥は「もうやめて、恥ずかしくて死にそう」と顔を真っ赤にして言った。それを見て香奈と菜々美は楽しそうに笑う。

それから三人でしばらく盛り上がったあと、香奈が「マック行って前祝いしよう」と言いだした。

「ええ、前祝いって」

遥が恥ずかしそうに首を横に振ったけれど、菜々美が「いいね、行こ行こ」と言うと、話はすぐにまとまった。

「あ、遠子はどうする？」

振り向いた遥に訊かれて、私は「ごめん」と首を横に振る。

「文化祭の絵の仕上げがあるから」

「あ、そっか。そうだよね。頑張ってね」

「うん、ありがとう」

三人は楽しそうに話しながら教室を出ていった。


ひとりだけ残った静かすぎる教室で、私はしばらく窓の外をぼんやり見つめていた。

それから両手で顔を覆って机に突っ伏した。

明後日のことを考えるだけで気が重い。

どんどん距離を縮めていくふたりを、よりによって誰よりも近くで見ていなければならないなんて。

「……どうしよう」

ぽつりとつぶやいた声は、誰に聞かれることもなく、教室の空気に溶けこんで消えていく。

――はずだったのに。

「なにが？」

ふいに答える声が聞こえてきて、私は驚きに肩を震わせた。顔を覆っていた両手を外して、声のした方へと目を向ける。

「……えっ、彼方くん……」

驚いてつぶやくと、廊下から教室を覗きこんでいた彼方くんが、ゆっくりと教室に足を踏みいれた。

「ごめん、急に声かけて」

「……ううん、大丈夫」

彼はそのままこちらへと近づいてくる。私は立ち上がることすらできず、息を呑んで彼の顔を見つめていた。

すると彼方くんは私の目の前で足を止めて、少しかがみこむと、私の顔を覗きこんでくる。

「……えっ」

あまりの近さに恥ずかしくなって声を上げてしまった。

それでも彼は、じっと私の顔を見つめている。なにかをたしかめるように。

それから、ふっと姿勢を戻して、にこりと笑った。

「よかった、泣いてない」

わけが分からず、思わず首を傾げる。すると彼方くんは、

「廊下からなにげなく見たら、遠子ちゃんがひとりで下向いてたから、泣いてるのかと思って……」

それで、声をかけてくれたんだろうか。

私は小さく首を振って、「泣いてないよ」と答える。

「……眠かっただけ」

言い訳がましく付けくわえたけれど、彼方くんはなにも答えなかった。なぜか、うそを見破られているような気がして、落ち着かなくなる。

「ここ、座っていい？」

彼方くんが私の前の席を指さして訊ねてくる。断るわけにもいかなくて、うん、とうなずいた。

彼は鞄を床に置き、椅子に腰かけた。

「……部活は、いいの？」

無言の沈黙に耐えられなくて、そう訊ねると、「今日は自主練だから」と答えが返ってきた。そう、と答えて口をつぐむと、また沈黙が訪れた。

彼方くんは黙って私の顔を見つめている。

恥ずかしさと気まずさで、私は目を背けた。窓の外のグラウンドでは、野球部やサッカー部が威勢のいいかけ声を上げながら練習をしている。

また耐えきれなくなって、私は口を開いた。

「明後日……遥のこと、よろしくね」

話題が見つからなくて、結局、いちばん苦しい言葉を口にしてしまった。視界の端で、彼方くんの肩がぴくりと反応するのが見えた。

言うべき言葉を、言うチャンスだと思った。遥の友達として、遥に救われた人間として、遥のために口を開かないといけない、と思った。

それでも彼を直視できなくて、微妙に視線を外したままで続ける。

「文化祭のとき。ちょっと事情が変わって、こっちは遥と私だけになったんだけど」

「あ、そうなんだ」

「でも、あの、私は途中で抜けるから、そしたら、遥とふたりで回ってね」

彼方くんがなにかを言う前に、さらに続けた。

「遥ってね、本当にいい子なの。明るくて、可愛くて、なにより、本当に本当に優しくて、私のいちばん大事な友達なの。きっと遥と文化祭回ったら、すごく楽しいよ。だから……」

そこまで一気に言って、彼方くんから反応がないのが不安になり、ちらりと目を向ける。彼はじっと私を見ていた。

「……だから、遥と……」

それ以上、なにも言えなくなってしまって、私はがたんと席を立った。

「それじゃあ、私は部活に……」

「ちょっと待って」

扉に向かおうとしたところを、呼び止められた。

仕方なく足を止める。

「あのさ……俺の勘違いじゃなければ」

彼方くんが小さく言う。

「広瀬さんって、もしかして、俺のこと……」

言いにくそうに言葉を濁《にご》す彼に、どう答えればいいか悩んでから、私は小さくうなずいた。

「……私が答えるのはおかしいかもしれないけど、……そういうことだから」

勝手にこんなことを言ってしまって遥に申し訳ないとは思ったけれど、この話の流れではごまかしようがなかった。そもそも、文化祭に誘われた時点で、きっと彼方くんは遥の気持ちにうすうす気づいていたはずだ。

「……あのね」

私は意を決して彼方くんを真っすぐに見た。

「遥と、彼方くん、すごくお似合いだと思うよ」

言いながら、胸のあたりがぎゅうっと苦しくなった。

それを無視するために言いつのる。

「遥ってね、本当にいい子だから。私が保証する。今はまだあんまり遥のこと知らなくて分からないかもしれないけど、たくさん話したら、絶対に分かるよ……彼方くんと遥なら、みんなから羨ましがられるすてきなカップルになると思う」

彼方くんは眉を少しひそめた。手でくしゃりと髪をかきまわし、ため息をつく。それからかすかな声で、

「……でも、俺は……」

と言って、こちらを見た。私は目を逸らせずに息を呑む。

「──いや、ごめん。なんでもない」

彼はそう言って一瞬、口を閉じて、それから声音を変えて続けた。

「遠子ちゃんは、どうしてそんなに広瀬さんのために……」

そこで彼方くんは、言葉を選ぶように口ごもった。でも、彼がなにを言いたいのか、私には分かった。

「遥のことが、大切だから。私にとっては遥が本当に特別な、いちばん大事な存在だから。だから、遥のためならなんでもするって決めてるの」

彼方くんは驚いたように目を見開いて、ゆっくりとまばたきをしてから言う。

「それは、どうして？　どうしてそこまで、広瀬さんだけ特別なの？」

「それは……」

どう答えればいいか迷って、唇を噛む。

彼方くんはただ、静かに私を見つめて、続く言葉を待つような表情をしていた。

突然、すべて打ち明けたくなった。

今まで誰にも話したことがないこと。お父さんやお母さんにさえ言えなかったこと。

だけど、彼方くんになら話してもいいかもしれない。話したい。

彼はきっと、興味本位で聞いたり、わざとらしく同情したりはしないだろうから。

「……いちばんつらくて苦しかったときに、遥が私を救ってくれたから」

私はゆっくりと椅子に腰を下ろして、今まで胸に秘め続けていたことを、遥と私しか知らない話を始めた。


私と遥が出会ったのは、小学一年生のときだった。

同じクラスになって、望月と広瀬で出席番号が前後だった私たちは、わりとすぐに仲良くなったほうだったと思う。

当時から遥は飛びぬけて可愛くて明るくて、女子からも男子からも人気者だった。地味で目立たない私とは正反対に。

でも、幼いころはそんなことは気にならなかった。

遥と一緒にいるのは純粋に楽しかったから、私は彼女との違いを気にすることもなく、よく一緒に帰ったり、公園で待ち合わせて遊んだりしていた。

それでも、四年生くらいから少しずつ、女子は見た目を気にするようになり、テレビや雑誌で見るアイドルやモデルたちのファッションを真似するようになる。私もそれは同じだった。

そのころから私は、自分を客観的に見られるようになり、そのせいで、私と遥の間にある大きな隔《へだ》たりに気づいてしまったのだ。

遥はとても可愛い。私は可愛くない。

スタイルがよくて色白で、色素が薄く絹糸《きぬいと》のように細い髪をふわふわ揺らしている遥。

棒のような手足をして、墨を塗ったみたいに真っ黒でかたい髪をしている私。

全然違う。同じ年の、同じ教室にいる同じ女の子とは思えなかった。だんだんと私は遥に対して持っていた親しみを見失いかけていた。

そして、決定的だったのは五年生のころ、女子の間で色つきのリップクリームが流行りだしたときのことだ。

私は遥に誘われて、休みの日に近所のドラッグストアへ色つきリップを買いに行った。わくわくしながら『どの色がいいかな』などと話し合い、私はピンクオレンジ、遥はベビーピンクのリップを買った。

そして次の日、私たちはそれを持って学校に行き、仲のいい子たちと集まって、トイレの鏡の前で唇にリップを塗ってみた。

『わあ、可愛い！』

いっせいに声が上がった。

もちろん、遥に向けられた歓声だ。

私よりひと足先に唇を彩《いろど》った遥は、たったそれだけのことで、おとぎ話のお姫様みたいに華やかで可憐《かれん》な姿になった。みんなの視線が遥に集まり、彼女は恥ずかしそうにうつむいていた。

少し離れたところで、私はくりだしたリップをそのままもとに戻し、ポケットに突っこんだ。

遥が物語の主人公のお姫様だとしたら、私はたぶん、セリフもないようなお城の召し使いのひとりか、村人Aだ。そのことを知ってしまった。

だから私は、徐々に遥とは距離を置き、他の女子グループと仲良くするようになっていった。

六年生で私たちは違うクラスになり、所属するグループもまったく関わりのないものになって、言葉を交わすことはなくなった。

ときどき、廊下やトイレなどにいるときに遥の視線を感じることはあったけれど、私は目が合ってしまう前に顔を背けた。

一方的に彼女を遠ざけるような形になってしまって、申し訳なさは感じていた。でも、私なんかとは口をきかないほうが遥のためだと思ったし、なにより、可愛い彼女と一緒にいることで自分の惨《みじ》めさを実感したくない、という気持ちが強かったのだ。本当に利己的で自分勝手だった。

そのうち私たちは小学校を卒業し、同じ中学に進学した。同じクラスにならなかったことに、私はほっとしていた。

中学になると他の小学校から進学してきた生徒たちもいて、人間関係の再構築が自然と起こった。

そして、私はそれに失敗した。

中一のときはよかった。小六で仲のよかったひとりと同じクラスになれたから。でも、新しい友達はできなかった。

そして、二年生に上がったとき、私はクラスから孤立してしまった。

初めは、出席番号が近い子と一緒に行動していたけれど、明らかに自分とはタイプが違っていた。趣味も話も合わなくて、だんだんと会話が少なくなり、なんとなく居心地が悪くなっていった。

それはその子も同じだったようで、彼女は少し派手なグループの子たちについていくようになった。その子について新しいグループに入っていく勇気は、私にはなかった。

一度、新しいグループの子たちとトイレに行く彼女に声をかけたとき、そっけない対応でほとんど無視をされてしまって、それから二度と話しかけることができなくなってしまった。

私はクラスで孤立した。他のクラスにも、クラスが違ってまで仲良くしてくれるような友達はいなかった。

ひとりだ、と思った。

誰もいない、友達はひとりもいない。

学校に向かう足が、自分のものとは思えないほど重くなった。明日も学校だ、と考えると真夜中になっても眠れなかった。

朝日が部屋を照らしはじめ、もうベッドから起きて学校に行かなきゃ、と思うと、お腹が痛くて頭も痛くて、吐き気がして、苦しくて仕方がなかった。

それでも私は学校を休まなかった。休めなかった。親に心配をかけたくなかったからだ。

というより、友達が作れずに孤立してしまうような人間だと、親にだけは知られたくなかった。嫌われて見捨てられてしまうかもしれない、なんて、今思えばばかなことを考えていた。

家族にも本当の気持ちを話せず、相談できるような友達もいなくて、この広い世界で自分はひとりぼっちだと絶望した。

だから私は、死んでしまおうと思ったのだ。

ある土砂降りの日の帰り道で、私は『もうだめだ』と思った。

その日も、誰とも会話しなかった。私は休み時間も昼休みも、教室の片隅でひとり硬直していることしかしなかった。

こんな日々が永遠に続くと思ったら、もう生きていたくない、という衝動が込みあげてきた。

『命を粗末にしたらいけない』『生きていたらいつかいいことがある』

テレビで、どこかの大人がそんな話をしていたことを思いだした。なんにも分かってないくせに、と私は恨みがましく思った。

そのとき私を取り巻いていた状況は、苦しみは、いつかあるかもしれないというだけの〝いいこと〟のために耐えられるほど軽いものではなかった。

視界が煙るほどひどい雨の中、私は橋の欄干《らんかん》の手すりをつかんだ。下を流れる川は、豪雨のために水位がかなり高くなっていて、流れも激しさを増していた。川で溺れて死んだ不幸な事故死ということになれば、娘が自殺したと思うよりは、親にとっては気持ちの整理もつきやすいかもしれない。

飛び降りてしまおう。

そう考えたとき、打ちつけていた雨がふいにやんで、そっと肩をつかまれた。

驚いて振り向くと、私に傘《かさ》を差しかけて、自分はずぶ濡れになりながら微笑んでいる遥がいた。

『遠子』

土砂降りの雨の音にも消されることなく、遥の声は私の耳に入りこんできた。

優しい、優しい声だった。

遥の声を間近で聞いたのは、三年ぶりだった。

『遠子。こっち、来て』

遥はにっこり笑って、でもどこか泣きそうな表情で、私の手を優しく引いた。私は吸いよせられるように手すりから手を離し、うつむいて橋の中央まで歩いた。

遥はなにも言わずに私の手をぎゅっと握り、そのまま歩きだした。

激しい雨の中、私たちは相合い傘で歩いた。遥は傘を私がいる左の方に大きく傾けて、自分の右半身が濡れるのもかまわずにいた。

しばらく歩いてから、遥はくるりと私に顔を向けた。

『ねえ、遠子。私ね、やっとケータイ買ってもらえたんだ』

人生に絶望して死のうとしていた私に、その話題はあまりに唐突で、拍子抜けしたような気分になった。

『遠子も持ってるよね？　連絡先、教えて』

『あ、うん……』

まるで夢から覚めたような気持ちの中で、私は遥に番号を教えた。

『ありがとう。これからもよろしくね』

本当に嬉しそうな顔で遥は笑い、それから『さあ、帰ろう』と言って、私を家まで送ってくれた。

その日以来、遥は毎日、最低でも一回は私に電話やメッセージをくれるようになった。学校ですれ違ったりすると必ず目を合わせて微笑んでくれて、近くを通ったときには『おはよう』とか、『元気？』とか、なにげなく声をかけてくれた。

教室では相変わらずひとりだったけれど、彼女とつながっているというだけで、私はもうひとりじゃないんだと、不思議なほどに強く確信できた。

そのころ、学校ではいじめが流行っていて、私も一度、小さないやがらせを立て続けに受けたことがあった。

引き出しの中に入れていたはずの教科書がロッカーの上に置かれていたり、下駄箱の上履きが傘立てのところに移動させられていたり、というものだった。

クラスで孤立していた私は格好のターゲットだったのだろうと思う。

これくらいのいやがらせなら誰でも経験がある、と自分に言い聞かせていたけれど、やっぱりショックで沈んでいたら、遥が『なにかあった？』と訊いてくれた。

その優しさに触れた瞬間、涙が止まらなくなって、私はそれまでのつらかったことをすべて遥に吐きだした。

遥はやっぱりなにも言わず、でもそれから、私のクラスにやってきてなにかと世間話をしていくようになった。すると、潮が引くようにいやがらせがなくなった。

分からないけれど、たぶん、真っすぐで明るい遥の振る舞いを見て、みんなの気持ちが浄化されたんじゃないか、と私は思っている。

しばらくすると、クラスでも少し話せる友達ができて、私はもとのように学校に通えるようになった。

一年半後、同じ高校に進学して、同じクラスになり、そして前と同じように友達作りに失敗した私を、遥は自分のグループに引き入れることで再び助けてくれた。

あれから一度も、私は死のうと思ったことはない。

「――人生でいちばんつらくて、死んでしまいたいくらい苦しかったとき、遥が私を救ってくれた。そして、それからも何度も、上手く周りに溶けこめない私を助けてくれた。だから、私にとって遥は特別だし、誰より大切だし、遥のためならなんでもやってあげたいの」

そう言って話を終える。

彼方くんを見ると、言葉を失ったように唇を薄く開き、ただじっと私を見つめ返していた。

「……そうか。そんなことが……」

沈黙が訪れる。

いつの間にか日が傾いて、窓からはオレンジ色を帯びた陽射しが差しこんでいた。

夕日の色に染まった机に目を落とし、私はまた口を開く。

「だからね、遥のこと、よろしくね」

なんとか微笑みを浮かべて彼方くんに告げると、私は勢いよく席を立ち、振り向かずに教室を飛びだした。

そして、壊れ始める

次の日、英語の合同授業があった。

休み時間の間は一度も顔を上げず、絶対に彼方くんと目を合わせないようにしていた。

授業が始まってやっと顔を上げると、彼方くんと遥の姿が目に入って、ものすごくつらくなった。授業の間じゅう、ふたりのことが気になって気になって仕方がなくて、落ち着かなかった。

だから私は、終わりのチャイムと同時にトイレに駆けこんで、次の授業が始まるぎりぎりまで外に出なかった。

「遠子、大丈夫？　なんか調子悪そうだけど」

遥が心配そうに訊いてきてくれたから、私はなんとか「お腹がちょっと痛かったけど、もう平気だよ」と返した。

「それより、彼方くんとは、どう？」

そう訊ねると、遥がとたんに嬉しそうな顔になる。

「昨日の夜ね、またメッセージ送ってみたら、ちゃんと返事もらえたの」

「文化祭の話だけじゃなくて、なんでもない雑談して、結局二時間くらいやりとりして、おやすみって終わったの」

「そうなんだ」

「すごい進展だね、よかったね」

しらじらしくないか心配だったけれど、嬉しそうな遥には気づかれなくて済んだようで、ほっとする。

彼方くんはちゃんと私のお願いを聞いてくれたのだ。

このまま上手くいけばいいのに、と思う。

ふたりが付き合いはじめたら、私は今度こそ本当に彼方くんを諦めることができる。成就《じょうじゅ》しない思いを抱き続けるよりもそのほうがずっと楽だと思った。

その日は午後から文化祭の準備になっていたけれど、なんとなく遥と同じ空間にいるのは耐えられなくて、自分の分担の仕事が終わっているのをいいことに、部活の準備を優先させてもらった。

＊

そして、文化祭当日。

遥と彼方くんがやりとりをして、待ち合わせ場所も時間もきちんと決めてあった。

「あー、緊張する……。ちゃんと喋れるかな」

待ち合わせ場所に向かう前、トイレに入った遥は、何度も「緊張する」と繰り返していた。

遥は洗面台の鏡の前に立って前髪を直しながら、「おかしいとこない？」と私に訊ねてくる。私は「大丈夫だよ」と笑って答えた。

「そうかな、大丈夫かな。朝起きたら、寝癖がひどくてね、緊張してあんまり寝られなかったせいかな？　なんでこんな日に限って、って泣きそうだったよー」

眉を下げてそんな話をしながら、遥は胸ポケットからリップグロスを取りだした。

形のいい唇を、きらきらのラメが入ったピンク色のグロスが彩っていく。

甘い甘いお菓子みたいな、完璧に可愛い女の子のできあがり。

小学生のころ、彼女がピンク色のリップクリームを初めて塗ったときの姿を思いだす。

あのころよりもさらに遥は磨かれて、もっともっと可愛くなった。誰もが振り向くくらいに。

彼女はグロスをポケットにしまうと、また髪の毛を直しはじめた。

私は思わず時計をたしかめる。待ち合わせ時間まで、あともう少ししかない。そろそろ行かないと。

でも、遥はまだ鏡とにらめっこしていた。

絹糸みたいに細いさらさらの髪、透き通るような白い肌、つやつやした甘いピンクの唇。

その姿を見ていると、気持ちがどんどん暗くなっていく。

そんなに気にしなくったって、遥はもう十分、可愛いよ。女の私でも見とれるくらい可愛いよ。

だからもういいじゃない、これ以上可愛くなってどうするつもり？

……そんな黒い感情がどろどろ渦巻く。

鏡の中の遥を、あまりにも凝視しすぎていたからだろうか。彼女が少し怪訝そうな顔で、

「どうしたの？　遠子」

と声をかけてきた。

「……なんでもない」

答えた声は、不自然なくらいにかすれていた。

思わずうつむき、唇を噛む。鏡越しに遥にじっと見られているのを感じた。

「ねえ、遠子」

呼ばれて、目だけを上げる。

大きな二重の形のいい瞳が、私を真っすぐに見ている。

「私ね、彼方くんのこと、本気で好きなの」

突然の言葉に、驚いて声が出ない。黙っていると、遥はにこりと笑った。

「ずっと前から、彼方くんのこと好きで、ずっと見てた」

「……うん。知ってる」

私もその隣で、彼方くんを見ていたから。

「だからね」

遥が鏡の中でゆっくりとまばたきをしてから、言った。

「だから遠子、応援してね」

どくりと心臓が跳ねた。

一気に頭に血が上るような感覚。

私はなんとか絞りだすようにして、震える声で答えた。

「もちろんだよ。応援してるし、協力する」

「ありがと、遠子」

鏡の中の遥が、花が開くようにふんわりと笑った。

「……そろそろ行こうか」

ぼそりと言うと、遥はぱっと私を振り返り、

「あ、そうだね。ごめん、待たせて」

と申し訳なさそうに笑った。

トイレを出て廊下を歩く。他のクラスの女子に声をかけられて、明るい笑顔で手を振り返す遥を、すれ違う男子たちの集団が振り返って見ていた。

私、ばかみたいだ。

自嘲《じちょう》めいた笑みが唇に浮かぶのを自覚する。

こんなに可愛い遥と同じ人を好きになって、彼と少しでも近づけたことを喜んだりしていたなんて、ばかすぎる。こんな私には、彼方くんを好きになる資格なんかない。というより、好きになったって無駄だ。どうせ私なんて好きになってもらえるはずがない。

そもそも私には、遥の恋を邪魔する資格もない。だって、遥は私の救世主なんだから。

ついさっき、自分が口にした言葉を反芻する。

『もちろんだよ。応援してるし、協力する』

あれは私の本心だ。私を救ってくれた遥の恋を応援すると、なんでも協力すると決めていた。

ほっそりと華奢な遥の後ろ姿を追いながら、私は必死に自分にそう言い聞かせていた。

「今日はよろしくお願いします」

「こちらこそ」

彼方くんと遥が少し緊張した様子で挨拶をするのを、もうひとりの男子の長谷《はせ》くんと私は並んで見ていた。

香奈と菜々美が来られなくなったので、彼方くん側もふたりのほうがいいということで、彼といちばん仲のいい長谷くんが一緒に回ることになったらしい。

「なんか初々《ういうい》しくて微笑ましいなあ」

長谷くんがくすりと笑いながら私に話しかけてくる。彼方くんの親友というだけあって、落ち着いた感じの大人っぽい男の子だ。

「本当、そうだね」

私も彼と同じような表情を意識して浮かべて、遥のいい友達を演じた。心の中では、やっぱり複雑な気持ちを抱えながら。

忘れよう忘れようとしているのに、どうしても上手くいかなくて、私はやっぱり彼方くんのことばかり気にしてしまう。顔を見ないようにするだけで精いっぱいだった。

彼方くんと遥、長谷くんと私というペア二組の形で、クラス展示を回っていく。

見ていたくないのに、ぎこちない距離感で言葉を交わしながら歩くふたりの背中から、私はどうしても目を逸らすことができなかった。

人気のクラスの前には行列ができていて、その脇を行きかう人たちでごった返している。自然とふたりの距離は縮まり、寄り添い合うような形になった。

そのとき、向こうから来る集団を避けた遥が、少し体勢を崩した。すぐに彼方くんが彼女の腕をつかみ、支える。

「あっ、ありがと」

ぱっと彼を見上げた遥の顔は、真っ赤だった。

彼方くんも自分の行動に照れたように笑っている。

ヒュー、と長谷くんが小さく口笛《くちぶえ》を吹いた。それからふたりに聞こえないように私に耳打ちしてくる。

「あいつら、いい感じだよな。もう付き合っちゃえばいいのにな」

うん、と笑ってうなずく。

肩を並べて歩く、どこから見てもお似合いのふたり。きっと見た人はみんな、ふたりが付き合っていると思うだろう。分かっていたのにずきりと胸が痛んだ。

回りはじめて一時間くらい経ったころのことだった。

「あっ、噂の彼方と遥ちゃんじゃん」

すれ違った一組の男子三人組が、そう声をかけてきた。

どうやら彼らの周りでは、ふたりのことがもう噂になっているらしい。そう思うと、また胸の奥のほうがきしむように痛んだ。

「お似合いじゃん」

「なに、もう付き合ってんの？」

にやにや笑いながら話しかけられて、彼方くんはちらりと遥を見下ろしてから、少し困ったように「からかうなよ」と答えた。

「でもどうせ時間の問題だろ？」

ひとりの男子にそう言われて、遥は頬を赤く染めた。それを見て男子たちが、わっと声を上げる。

「遥ちゃん、真っ赤じゃん！」

「照れてる、かわいー」

遥は「もう、やめてよー」と赤い頬を両手で押さえて笑った。

「あー、いいなあ彼方は」

「羨ましいよ」

彼らから肩を叩かれて、彼方くんは眉を下げて笑った。

どくどくと心臓が暴れはじめる。

やっぱり誰が見てもお似合いなんだ。それに、遥も彼方くんも、からかわれているけれど楽しそうだし、嬉しそうだ。

ふたりが付き合いはじめるのは、本当にもう時間の問題だろう。

それを望んでいるはずなのに、なぜか苦しくなる。

どうして、自分の心なのに、こんなに思い通りにならないんだろう。

「あ、そういえば、六組のお化け屋敷、もう行った?」

ひとりがそう声を上げると、彼方くんと遥は同時に首を横に振った。

「めっちゃ怖かったぞ、お前らも行ってみろよ」

「あ、いいじゃんそれ。文化祭デートの定番だよな!」

遥と彼方くんが顔を見合わせる。そんななにげないしぐさにもふたりの親しさを感じて、私の胸はさらにきしんだ音を立てる。

「……どうする?」

遥が小首を傾げて彼方くんに訊ねると、彼はちらりと振り向いて私と長谷くんを見た。

「お化け屋敷だって、どうする?」

突然彼に見つめられて、声をかけられて、私は驚きで答えられなかった。

隣で長谷くんが、「いいじゃん、行こうよ」と答える。すると彼方くんが私を見て、

「遠子ちゃんは？　お化け屋敷とか大丈夫？」

「えっ」

思わず私は遥を見た。その表情から、行きたいと思っているのが分かる。

「……うん、大丈夫だよ！」

彼方くんがうなずいて、遥に向きなおった。

「じゃあ、広瀬さんがいいなら、行こうか」

「うん」

遥はにっこりと笑った。

「怖いけど、面白そうだし」

「そうだな。六組のやつら頑張って作ってたみたいだよ」

「へえ、そうなんだ。楽しみだな」

ときどき視線を交わしながら六組の教室へと向かって歩いていくふたりを追う。

「あのふたりさ、絶対これでさらにいい感じになるよな」

長谷くんがささやくように私に言う。

「お化け屋敷って、暗闇だから足元見えないし、お化けにおどかされるし、絶対ひっつくことになるじゃん？　出てきたら距離縮まってるよな」

「……そうだね」

「これはもう、確定だなー」

長谷くんはにこにこしながらふたりを見ていた。

お化け屋敷には長い列ができていて、私たちは最後尾に並んだ。

中からときどき叫び声が聞こえてきて、そのたびに遥は肩を震わせている。

「うわあ、ほんと怖そう。みんなすごい叫んでるよ」

彼女が不安そうに彼方くんを見上げる。彼方くんは笑って答えた。

「そうだな、さっきから声すごいな」

「やばい、緊張してきた」

「あはは、緊張してるの？」

「私めっちゃ怖がりなんだよね……。きゃーきゃー叫んじゃうかも。うるさかったらごめんね」

「大丈夫だよ、ひとりじゃないんだから」

彼方くんが微笑みながら言った言葉に、遥は顔を赤らめた。

——もう無理だ。

これ以上、近くで見ているのはつらい。

私は、遥たちの順番になってふたりがお化け屋敷の中に入ったすきに、長谷くんを手招きして列から離れ、渡り廊下までやってきた。

「どうしたの、望月さん」

「いや、あのね、遥たちをふたりきりにさせてあげたくて」

そう言うと、長谷くんはにっこりと笑った。

「そっか、そうだよな。じゃあ、俺らはふたりで回ろうか」

先に立って歩きだした長谷くんの背中を追いながら、考える。

遥は今日のことについて香奈たちからいろいろと言われているようだった。文化祭で男の子と回るときの心得、みたいなものだ。そしてその話の最後で、香奈がこんなことを言っていた。

『文化祭って非日常で、みんないつもよりも開放的な気分になってるから、チャンスだよ。タイミング見計らって、彼方くんに告白しちゃえ！』

遥は『まだ早くないかな』と悩んでいたけれど、『そんなことないって』と菜々美にも励まされて、告白する決心をしたようだった。

だからきっと今ごろ、遥は告白のタイミングを探していると思う。真面目な彼女のことだから、親友たちからのアドバイスを実行しようと必死なはずだ。

遥から告白されたら、きっと彼方くんは受けるだろう。

私がお願いしていなくたって、あんなに可愛い子から告白されたら、誰だって嬉しいに決まっている。

そして、ふたりは付き合うことになるだろう。

それでいい。そうなってくれたら、私も楽になれる。

きっぱりと彼のことを諦めて、この醜《みにく》い期待や嫉妬から解放されることができる。

あれこれ悩まなくてもいいし、遥に対する罪悪感からも解放される。

だから、どうか、上手くいきますように。

「え……っ、望月さん、なんで泣いてるの？」

長谷くんのおろおろした声で、いきなり現実に引きもどされた。

その言葉を聞いて初めて、私は自分が泣いてしまっていたことに気がついた。

「ごめん……ちょっと、じつは朝から具合があんまりよくなくて。部活の展示の当番もあるから、そろそろ行くね。途中なのに、ごめんね。じゃ」

早口でまくしたてると、私は逃げるように長谷くんを置いて駆けだした。


いちばん近くにあったトイレに飛びこむ。そこで涙が止まって乾くまで個室にこもっていた。

それから、文化祭の浮ついた喧騒から逃れるようにして美術室へ行き、見学者も誰もいない準備室に閉じこもると、結局最後までそこにいた。

埃っぽい扉から美術室をぼんやりと眺めていた私は、文化祭の終了を告げる放送を聞いて我に返った。

クラスの片付けを手伝わないといけない。のろのろと腰を上げ、重い足を引きずるようにして教室へと向かう。

遥はもう彼方くんに告白しただろうか。ふたりは付き合うことになったのだろうか。

遥の笑顔を見るのがいやだった。あんなに大好きな笑顔だったのに。いやだと思ってしまう自分もいやだった。

重苦しい気持ちとともに歩いていたら、途中で誰かの泣き声のようなものが聞こえた気がして、私は足を止めた。

きょろきょろと辺りを見回して、薄暗い階段下の倉庫の前に数人の人影を見つける。近くまで行ってみて、それが遥と、彼女を囲む香奈と菜々美だと分かった。心臓がどきりと跳ねる。

遥は泣きじゃくっていた。そんな彼女の背中を、ふたりが何度も撫でている。

見てはいけないものを見てしまった、という気がした。そのまま踵を返して戻ろうとする。でも、上履きが音を立ててしまった。

弾かれたように香奈と菜々美がこちらを振り向いた。

「……遠子」

私は意を決して、彼女たちに歩みよった。

「遥……大丈夫？」

顔を両手で覆って泣いている遥に声をかけたけれど、彼女は顔も上げずに泣き続けていた。

こんなふうに泣いている遥を見るのは、初めてだった。

彼女はいつも明るくて優しい笑みを浮かべていて、怒った顔も、泣いた顔も、私は一度も見たことがなかった。

何度もしゃくりあげ、嗚咽《おえつ》を洩らしながら泣く遥の声が、私の心を引き裂く。

「遥……」

どうしようもなくて名前を呼ぶと、遥が泣き腫《は》らした目を上げて、嗚咽まじりに言った。

「……だめだった」

それだけつぶやいて、また顔を覆い隠して泣く。

思わず香奈と菜々美を見ると、ふたりは曇った顔で教えてくれた。

「彼方くんに告白したら、いい返事もらえなかったんだって」

「考えさせてとか、まずは友達としてならとか言われたって」

「……そう、なんだ」

頭が混乱してそれ以上、なにも言えない。

香奈がすっと私から視線を外し、遥の背中をさすりながら励ますように声をかける。

「ねえ遥、彼方くんの返事は、まずは友達としてお互いのことよく知ってから、ってことでしょ？　それなら、まだ望みはあるって。振られたわけじゃないんだから」

「そうだよ遥。そんな泣くことないよ、まだ分からないんだから。ね、もうちょっと頑張ってみようよ」

菜々美も同じように遥を励ます。でも彼女は、激しく首を横に振った。それから、ぽつりぽつりと泣き声で話し始めた。

「彼方くんの顔見てたらね、分かっちゃったんだ……。私に気をつかって、そう言ってくれただけで、私のこと、全然そういうふうには見てくれてないんだなって……」

「まだ分かんないよ、彼方くんがそう言ったわけじゃないんでしょ？」

慰《なぐさ》めるように言う菜々美の言葉に、遥はまた首を振った。

「『私のこと好きじゃなくてもいいから、どうしても無理ってわけじゃなければ、お試しで付き合ってみて』って言ったの……必死すぎて笑えるでしょ？」

遥は泣きながら、どこか自虐《じぎゃく》的な口調で言う。

彼方くんにそう言ったときの必死な気持ちを思うと、胸が張り裂けそうに痛んだ。

「でも、そう言ったとたん、彼方くんがすごく困った顔して……、それで、完全に無理なんだなって分かった。考えさせてって言ってくれたのは、彼方くんのせめてもの優しさだったんだよ」

「遥……」

ふたりが遥の肩を抱いて、何度もさすりながら、励ましや慰めの言葉をかけている。優しい言葉を受けて、遥はまた声を上げて泣きじゃくりはじめた。

そんな三人の様子を、私はぼうっと見ていることしかできなかった。

「……ちょっと、遠子」

ちらりと振り向いた香奈が、遥の背中を撫でながら、眉をひそめて私を見た。

「なに突っ立ってんのよ。なにか言うことないの？　友達でしょ」

「あ……」

でも、なんて声をかければいいか分からない。頭に霧《きり》がかかったようにぼんやりしていた。

すると香奈は険しい表情になって、冷たく言い放った。

「もういい。立ってるだけなら邪魔。どこか行ってよ」

遥は泣いたままで、菜々美は私を振り向きもしなかった。

「……ごめんなさい」

とだけつぶやいて、私はふらふらとその場を離れた。

文化祭の余韻《よいん》で賑わう廊下を歩きながら、繰り返し考え続ける。

遥の告白を、彼方くんは受け入れなかった。はっきりと断ったわけではないけれど、遥にとっては振られたも同然だった。

きっとふたりは上手くいくと思っていたのに、付き合うことになると思っていたのに、どうして。

あんなに可愛くて優しい遥が、どうして。

ショックだった。泣きじゃくっていた遥の顔が、脳裏に焼きついて離れない。

でも——ひどく悲しんでいた彼女の姿に胸が痛む反面、私は、自分がたしかに心のどこかで喜んでいるのを感じた。

自分からお願いしておいて、それでも彼方くんが遥の告白を受けなかったことを、嬉しいと感じている自分の心の動きを感じた。

最低だ、私は。

大切な遥が泣くほど悲しんでいるというのに、喜ぶなんて。

自分がこんなにいやな人間だったなんて、こんなに汚い人間だったなんて、知らなかった。知りたくなかった。

彼方くんに恋をして、知ってしまったのだ。

いちばん大切な親友のことよりも、自分の気持ちを優先してしまう自分がいやだった。

誰より特別だったはずの存在の不幸を喜んでしまう、意地汚い自分の心がいやだった。

そんな人間にはなりたくないと思っていたのに、そう思わないようにしようとずっと自分に言い聞かせていたのに。

喉の奥が苦しくなって、私は人ごみから逃れるように教室棟を離れて渡り廊下に行き、人の少ない場所で壁にもたれた。

そのときだった。

「遠子！　大丈夫か？」

突然名前を呼ばれて、私は顔を上げた。

見なくても、声で分かった。彼方くんだ。

「苦しい？　保健室行くか？」

「……彼方くん。どうして……ここに」

走ってきたのか肩で息をしている彼は、心配そうに眉根を寄せて私を覗きこんできた。

「遠子が途中で具合悪いって言ってどこかに行っちゃったって、今さっき長谷に聞いて、心配で……」

彼方くんは、ずいぶん慌てているのか、中村さんからかばってくれたあのときのように、いつもとは違って私のことを『遠子』と呼んだ。

そのことが嬉しくて、嬉しいことが苦しかった。

「……探して、くれたの？」

「うん……どっかで倒れてたらどうしようとか思って。美術室と三組に行ってみたけどいなかったし……」

そう言うと、彼方くんは控えめなしぐさで私の肩にそっと手を置いた。突然の触れ合いに、心臓が跳ねる。

「きつかったら、保健室行こう？」

心配そうに言われて、私は首を横に振った。

「……ううん、大丈夫。仮病だから」

「へ？　仮病？」

彼方くんが不思議そうに首を傾げた。

「うん。ごめんね、心配かけて。ちょっと用事があって、仮病使っちゃったの。本当にごめん。長谷くんにも謝らなきゃ……」

そう言って頭を下げると、彼方くんは「なんだ」と表情を緩めた。

「仮病かー。よかった、めっちゃはらはらしたし」

彼はほっとしたように笑いながら言った。

その笑顔に、胸が高鳴る。

心配してくれたんだ、と思うと、うそをついてしまった申し訳なさとともに、驚きを隠せなかった。

私のことを心配してくれて、息切れするくらいに走り回って探してくれた。なにもないと分かったら心から安堵《あんど》してくれた。屈託のない笑顔を私だけに向けてくれた。

どうしたらいいのか分からなくなってうつむくと、彼方くんが「そういえば」と声を上げた。

「絵、見たよ」

驚いて目を上げる。彼方くんはにっこりと笑い、

「探してるときに美術部の展示見つけて」

「え……」

「夏休みからずっと楽しみにしてたんだ。どんな絵になるのかなって……」

『楽しみにしてた』という言葉が、何度も耳の中でこだまする。自分の絵のことを誰かからそんなふうに言ってもらえたのは初めてだった。

「あ……ありがとう」

震えそうな声を必死に励まして答えた。

「どの絵も上手かったし、よかったけど、俺は海岸の絵がいちばん好きだったな」

「あ……私もあれがいちばんお気に入りなの」

「そうなんだ」と彼方くんが微笑んだ。

「なんか懐かしい感じっていうか、あったかい感じがして、すごくいい絵だなって思った」

その言葉に胸が弾む。反射的に「そうなの！」と声を上げてしまった。

「あれね、田舎《いなか》のおばあちゃんちの近くの海なんだ。小さいころからよく遊びに行ってて、あの海岸に立つと、温かく迎えてもらえてる気がして、その懐かしさを伝えたいなって思って描いた絵で……」

思わず一気にまくしたててるように話してしまってから、急に恥ずかしくなってきた。

「……ちゃんと伝わるように描けてるか、自信はないけど……」

気まずくなって、最後はしりすぼみになってしまった。

すると彼方くんは微笑んで、

「俺にはちゃんと伝わったよ」

と言ってくれた。

どうしようもなく嬉しさが込みあげてくる。

どうしてこんなに私のことを分かってくれるんだろう。どうしてこんなに私の欲しい言葉を言ってくれるんだろう。

やっぱり、彼方くんが好きだ。どうしようもなく好きだ。

その笑顔を見ているだけで満ち足りてしまうくらい、名前を呼ばれただけで胸の高鳴りがおさまらないくらい。

好きになってはいけないと思っても、この思いは消さなきゃと思っても、どうしても消せなかった。

あまりにも強くて、深くて、色鮮やかな〝好き〟だった。

生まれて初めての、どうにもならない〝好き〟だった。

でも、同時に、泣きじゃくっていた遥の顔が浮かんだ。見たこともないくらいつらそうだった遥。

今度は罪悪感が込みあげてくる。

今、遥は彼方くんに受け入れられなかったことで泣いているというのに、私は──。

視線を上げて、彼方くんを見る。

どうして遥の告白を断ったのだろう。あんなにいい雰囲気だったのに。誰が見てもお似合いなのに。遥はあんなにいい子なのに。

訊きたいけれど、上手く言葉にならない。

じっと見つめていたら、彼方くんがふいに「あのさ」と言った。

「広瀬さんの、ことなんだけど」

私の疑問が伝わったのだろうか、彼方くんがそう口にした。私はうなずいて、「遥から聞いた」と答える。

「そっか。あの……ごめんな、頼まれてたのに、ちゃんと応えられなくて……」

彼方くんは少し黙ってから、ゆっくりと口を開いた。

「遠子が広瀬さんに救われたって話を聞いたとき、自分の友達のこと思いだして……。ずっと悩んで考えてたんだ、広瀬さんのことどうしようか……。けど、あれが俺にできる精いっぱいの答えだったんだ」

「……友達のこと?」

思わず訊き返すと、彼は眉を下げて微笑んだ。

「遠子がこの前、つらかったときのことを話してくれたから、俺も話したいんだ。自分のいちばんかっこ悪い話……」

私はどう答えればいいか分からず、黙って彼を見つめた。

いちばんかっこ悪い話。どういうことだろう。

彼がなにを話そうとしているのかは分からなかったけれど、その表情と眼差しを見ていたら、それはとても大事なことなのだと分かった。

でも、今は文化祭の片付けの時間だ。気持ちが落ち着いたら教室へ戻ろうと思っていた。そんな私の気持ちが伝わったのか、彼方くんは、

「あ……でも今、時間ないよな。片付け中だし……」

と少し困ったように笑い、話を切り上げるようなそぶりを見せた。

ちょうどそのとき、チャイムが鳴った。清掃時間の終了を知らせるものだ。このチャイム以降は、片付けが終わったクラスから解散・下校できることになっていた。教室の方へ目を向けると、早いクラスでは中からぞろぞろと生徒たちが出てきていた。

「……じゃあ、話はまた今度ってことで……」

彼方くんが小さくつぶやいて踵を返そうとするのを、

「ちょっと待って！」

と私は呼び止めた。彼方くんが目を丸くして振り向く。

今を逃したら、彼方くんはその話をもう二度としてくれないような気がした。

〝今〟じゃないとだめなことって、きっとある。

クラスのみんなに、ごめんなさい、と心の中で謝って私は彼に言った。

「話、聞くよ。聞かせて」

「……でも」

「大事な話なんでしょう？」

するとは彼方くんはどこかほっとしたように微笑んだ。

「ありがとう……。どうしても聞いてほしかったんだ」

そうして始まった彼方くんの話は、普段の彼のイメージとはかけ離れたものだった。

「中学のときに、クラスでいじめがあったんだ。いじめられてたのは、俺と幼稚園から同じの、幼なじみみたいな感じのやつだった。ちょっとタイプが違ったから、小学校に入ってからはあんまり一緒に遊んだりはしてなかったけど、それでも、昔から知ってる友達だった。中二で久しぶりに同じクラスになって、ときどき話とかして、それなりに仲がよかったんだけど……」

彼方くんの顔がどんどん翳っていく。

「……ある日突然、クラスの一部のやつらから、そいつがいじめられるようになったんだ」

彼方くんの話によると、その子に対するいじめは、からかいや陰口から始まり、持ち物にひどいいたずらをされるようになって、だんだんクラス中から無視されるようになったという。

聞いている私は、なにも言えなかった。その子の気持ちが分かりすぎて、自分の中学のときのことを思いだして、息が苦しくなった。

私よりももっと陰湿でひどいいじめを受けたその子は、どんなにつらかっただろう。毎日どんな気持ちでいたんだろう。

そう考えたら、簡単に言葉を出すことはできなかった。

彼方くんは私の様子をちらりと見て、「いやなこと思いださせてごめんな」と軽く肩を叩いてくれた。

「ううん、大丈夫。続き、聞かせてもらってもいい?」

彼方くんの話を邪魔したくなかった。彼は小さく、ありがとう、とつぶやいてから続けた。

「いじめが始まったとき、なんとかしたい、なんとかしなきゃと思った。最初は笑って受けながしてたそいつの顔が、いやがらせがエスカレートしていくにつれてだんだん強張《こわば》っていって、いつも暗い顔ばっかりするようになって。それで、いじめてたグループのやつらに言おうと思ったんだ、もうやめとけよって……。でも、学校でいざ目の前にしたら……」

彼方くんの顔が苦しそうに歪《ゆが》む。

「……言えなかった。かっこ悪いんだけど、怖かった。次は自分が同じ目に遭うかも、それくらいなら……って。そいつは殴られたり蹴られたりしてるわけじゃないし、大丈夫だろって、自分に言い聞かせて納得させて……。それからは、ずっと、見て見ぬふりしてた」

「……うん。仕方ないよ。きっと、私だって同じようにしちゃうと思う……」

いじめは無差別の犯罪みたいなものだ。

ターゲットにされやすいタイプというのはあると思うけれど、いつ誰がいじめの標的になってもおかしくない。みんなの中心にいるような彼方くんだって、もしもいじめ集団の機嫌を損ねて目をつけられてしまったら、例外ではないと思う。

それでも、彼方くんはとても苦しそうだった。

「しばらくして、そいつは、学校に来なくなった。しまった、って思ったけど、もうどうにもならなくて……。一回だけ、そいつの家に行ってみたんだ。近所だったし、学校では話せなくても、自分の家でなら話せるかもって思って。でも、そいつは出てきてくれなかった。お前も傍観《ぼうかん》してたくせに、今さらどの面《つら》下げてきたんだよ、って言われてるような気がした。それからはもう会いに行けなくなっちゃって……。そいつは結局、三年になっても不登校のままで、卒業式にも来なかった。今どうしてるかは、知らない。噂で、高校にも行かないで、家に引きこもってるらしいって、ちらっと聞いた」

彼方くんは、ふうっと深い息を吐きだした。

「俺は自分が可愛くてなにも動けなかったんだ。だからときどき、考えるよ。あいつ、今ごろどうしてるんだろうって……。授業受けてるときとか、部活してるときとか、高校の友達と遊んでるときとか……楽しいとか、充実してるなって感じるときにさ。ああ、でもあいつは、高校生になれなかったんだよなって。きっと中二のまま時が止まって、いじめの記憶に苦しみながら、部屋に閉じこもってるんだろうなって。そしたら、無性に自分に腹が立ってくるんだ。あいつを見て見ぬふりしておいて、自分だけ楽しんでるなんていいのかって……」

ひと言ずつたしかめるようにゆっくりと話す彼方くんを見ていたら、どれだけ強い罪悪感にさいなまれているか分かる気がした。

きっと二年間、他の人には分からないくらい深く悔やんできたんだろう。その深さを思うと、軽々しく慰めたり励ましたりする気にはなれなかった。

「……つらいね」

そうつぶやくことしかできなかった。彼方くんが私を見て、力なく笑った。

「そいつさ、合唱部だったんだ。男子はひとりしかいなかったけど、俺がグラウンドで走ってるとき音楽室から合唱の練習が聞こえてきて、その中にはいつも男子の声もあったよ。文化部ってまともに活動してないみたいに言うやつもいるけどさ、そいつは本気で頑張ってるんだろうなって思った」

前に私が美術部だということで根暗だとかオタクだとかからかわれたとき、彼方くんがかばってくれたことを思いだした。あのときの彼は、幼なじみのその子のことを思っていたのかもしれない。

「でも、いじめのせいで学校に来られなくなって、好きだった部活にも行けなくなっちゃったわけだろ？　それがすごく残念な気がしてさ……」

彼方くんが、ふと窓の外に目を向ける。

「だから俺は、そいつの分まで部活頑張ろうって思ったんだ。絶対サボったり手を抜いたりしないでやろうって。……そんなこと言うのもおこがましいっていうか、完全に自己満足だし、あいつからしたらムカつくだけかもしれないけど」

いつもひたむきに跳んでいる彼方くんを好きになった。一心に走っている姿を見てますます好きになった。

彼はただ、陸上が好きだという気持ちで頑張っているのだと思っていたけれど、その裏側には、こんなに深い思いがこめられていたんだ。そんなこと、考えもしなかった。

「……でも、その子のために、彼方くんがあんなに部活を頑張ってるって、すごいことだよね。彼方くんがその子のことを忘れずにいるってこと、伝わることはないのかもしれないけど、でもきっとどこかで救いになるんじゃないかな」

彼方くんの目を見つめながら、まるで、その男の子の気持ちを代弁するかのように必死に続ける。

「みんなから忘れられるんじゃなくて、誰かひとりでも自分のことを思ってくれてる人がいるなら、その子はやっぱりどこかで救われるはずっていうか……。私も、遥とつながってるってだけで、すごく救われた気がしたし、だからその子もたぶん……。ごめん、上手く言葉にできないんだけど」

少しでも彼方くんの気持ちを軽くしたくて、感じていることを言葉にしてみようと思ったけれど、この気持ちを表現するのはとても難しかった。

彼方くんは私を見て、ふっと表情を緩めた。

「ありがとう。俺のこと励まそうとしてくれてるんだよな。気持ちは伝わるよ、ありがとう」

「……うん」

少しの間、沈黙が流れて、それから彼方くんがまた口を開いた。

「俺は、あのときそいつを助けられなかった自分を最低だって思ってるから、だから、遠子から昔の話を、広瀬さんのことを聞いたとき、すごく胸を打たれたんだ」

私は小さくうなずく。

「俺にはできなかったことをやった広瀬さんはすごいなと思ったし、素直に尊敬した。

死にたいほど苦しんでた遠子を救ったんだよ、すごいよな。本当にいい子なんだろうなと思う。それに、遠子が広瀬さんに対して特別な気持ちを持ってるのも分かったし」

うん、うん、と私は首を縦に振った。

つらかった中学時代のことを思いだすと、あのときどれほど遥に救われたか、鮮やかによみがえってきた。

「だから、広瀬さんのために必死に頼んできた遠子の願いを聞きたいとも思った」

彼方くんがそこで言葉を切って、静かに私を見た。

「……でも、自分の気持ちにうそをついて付き合ったりするのは違うと思ったんだ。それは広瀬さんにも失礼になる。いい子だと思うけど、その気持ちは恋愛感情とは違うから……」

それから彼方くんは少し声の調子を変えて、「あのさ」と続けた。

「夏休み、毎日遠子と美術室の窓越しに話すと、すごく気持ちが落ち着いた。スランプだったとき、遠子の言葉に助けられた。今だって、俺のいちばん情けない話を真剣に聞いてくれて、それだけで少し気持ちが楽になった。だから、俺は……」

どきりと胸が高鳴る。

彼方くんの目に、いつもとは違う熱のようなものがある気がした。

そのとき、向こうから足音が聞こえてきた。私と彼方くんが同時にそちらを見る。

る。

「あ、彼方じゃん」

一組の人たちだった。両手に段ボールやごみ袋を抱えた数人でこちらへ向かってく
彼方くんが「あっ、もしかしてごみ捨て?」と訊ねた。

「そうそう。めっちゃ大量だよ」

「ごめん、俺、手伝ってなくて。今からすぐ行くわ」

「おう、頼んだぞ」

彼らが通りすぎていったあと、彼方くんが「ごめん」と言った。

「うちのクラス、まだ終わってないみたいだから、やっぱり戻らないと」

「うん、私も様子見てくる」

「そうだよな。じゃ、行くわ」

彼方くんは、「また今度な」と手を振って、教室の方へと走っていった。

彼が最後に言いかけていた言葉はなんだったんだろうと思いながら、その背中をしばらく見送る。そのとき、

「——遠子」

と背後から声が聞こえた。

驚いて振り向くと、そこには香奈と菜々美が立っていた。

でも、遥はそこにはいない。泣き腫らした目をしていた彼女の顔が浮かんだ。

「あ……遥は？　どうなったの？　まだ、泣いてる……？」

思わず訊ねたけれど、ふたりは無言だった。

それから香奈が驚くほど冷たい目で私を見つめて言う。

「それより、今の、どういうこと？　なんで、あんたと彼方くんが、こんなところで仲良さげに話してるわけ？」

「……それは……」

「夏休みもさあ、美術室でふたりで話してたよね？　どういうこと？」

「……え、と」

説明する言葉を探しているうちに、どんどんふたりの顔が険しくなっていく。

今度は菜々美が口を開いた。

「遥の気持ち、知ってたよね？　遥が彼方くんのこと好きって、ずっと前から知ってたよね？」

「……うん」

香奈の眉がつりあがる。

「知ってて、彼方くんに近づいたわけ？」

「……そういうわけじゃ」

必死に答えたけれど、我ながら言い訳にしか聞こえない。

「なに、あんたも彼方くんのこと好きだとか言うんじゃないでしょうね？」

「………………」

どう答えればいいか分からなくて言葉につまると、香奈が吐き捨てるように「最低」と言った。

「遠子の分際《ぶんざい》で、遥の邪魔しようとしてたわけ？　彼方くんを横取りしようって企《たくら》んでるわけ？」

「違う……そんなつもりじゃ」

「ばかじゃない？　鏡見てみなさいよ。そんな顔で遥に勝てるとでも思ってんの？　あんたみたいな根暗なやつ、彼方くんが相手にするわけないでしょ。なに勘違いしてんの、バッカみたい！」

きつい言葉が胸に突き刺さったけれど、でも彼女の言う通りだと思った。

それに、たしかに、遥が失恋のショックで泣いているときに、彼方くんと話しこんでいた自分は最低だ。

遥は今、どうしているんだろう。まだ泣いているんだろうか。

それなら私は側にいてあげたいし、これまでに何度も彼女に助けられた私は、そうしなければいけない。

「あの……、遥は今どこにいるの？」

顔を上げて訊ねると、香奈が眉をつりあげた。

「はあ？　教えるわけないでしょ」

「え……」

「遥の気持ちも考えないで彼方くんに近づくようなやつ、友達じゃないし。遥がどこでどうしてようが、あんたには関係ないでしょ」

なにか言い返したかったけれど、そう言われても仕方のないことをしてしまったと思ったので、言葉が出てこなくてうつむいた。

しばらくして、大きなため息が聞こえてきた。

「あー、ムカつく。ほんっと見てるだけでイライラしてくる。あんたさ、よく考えなよ、鏡見て。もう行こ、菜々美」

「行こ行こ。こんなやつほっとこう」

「マジない、マジ無理」

ふたりがその場を立ちさる気配がして、思わず顔を上げると、振り向いた香奈と目が合った。

「身の程わきまえろよ。今後いっさい、遥の邪魔しないで」

冷たい声を叩きつけられて、私は凍りついたようになにも答えられなかった。

その夜、家に帰ってから、遥にメッセージを送った。

『今から電話してもいい？』

遥と直接話したかった。でも、学校にいる間は香奈たちに止められて声をかけることができなかったので、電話しかないと思ったのだ。なにを話すか決めていたわけではなかったけれど、とにかくなにか言葉をかけたかった。

でも、返事は来なかった。遥に送ったメッセージには既読マークがついたのに、彼女からの返信はなかった。

こんなことは一度もなかった。彼女はいつも、どんなにくだらない話でも、読んだらすぐに返信をくれるのだ。

どういうことだろう、とスマホの画面を見ながら考える。ショックが大きすぎてそんな気力がないのか。

そこまで考えて、もしかして、と最悪の可能性が思い浮かんだ。

もしかして、香奈たちが遥に話してしまったんじゃないか。私が彼方くんと一緒にいたことを。

ありうることだ。

もしそうだとしたら、遥は今どんな気持ちだろう。傷ついているかもしれない。私のことをどう思っているだろう。怒っているか、軽蔑しているか。

そう考えたら、ぞっとした。誰よりも大切な、私にとってたったひとりの特別な存在である遥を、傷つけて、怒らせてしまったかもしれないなんて。

いてもたってもいられなくなって、迷惑を承知で電話をかけた。

でも、何度コールしても彼女が出てくれることはなかった。かけなおしてくれることもなかった。

私は鳴らないスマホを握りしめたまま、眠れない夜を過ごした。

がたがたと音を立てて、なにかが壊れていくのを感じながら。

いつか、空を越えて

翌日、私はいつもより早く学校に行って、遥が登校してくるのを待った。とにかく会って話して、謝ろうと思ったのだ。

でも、できなかった。遥が教室に入ってきたとき、声をかけようとして駆けよったら、すぐに香奈と菜々美が彼女の両側を固めて、私が近づくのを阻《はば》んだのだ。

それでもなんとかふたり越しに「おはよう、遥」と声をかけたけれど、ちらりとこちらを見た遥がなにかを言う前に、香奈が彼女に話しかけて私から遠ざけた。香奈たちに連れられていく彼女は、もう私を見ることもなく、返事もしてくれなかった。

話したいのに話せない。謝りたいのに、それすら許されない。私はそんなにも遥を怒らせてしまったのだ。

どうしようもない後悔が込みあげてくる。

どうして彼方くんを好きになってしまったんだろう。どうして彼とふたりきりで話したりしてしまったんだろう。早く諦めればよかったのに、どうして諦められなかったんだろう。

大切な遥に振り向いてもらえないことが、こんなにつらいことだとは思わなかった。

そして、事態はそれだけにとどまらなかった。

彼女たちが私を無視しはじめたのだ。

声をかけても答えてもらえない。教室移動のときは私を置いて先に教室を出てしまう。今まではトイレや自販機に行くときには必ず誘われていたのに、それもなくなった。

昼休みになったときには、三人に避けられていることがもうはっきりと分かっていた。

普段は昼になると集まって机をくっつけて一緒にお弁当を食べていたけれど、今日もいつものようにお弁当を持って彼女たちのところに行ったらどんな反応をされるか。考えただけでも怖くて、そんな勇気は出なかった。

私は鞄を持って逃げるように教室を出て、美術室に飛びこんだ。

誰もいないことにほっとする。

弁当袋を取りだして机に置いたものの、とても食べる気になんてなれなくて、ぼんやりと座ったまま自分の指を見つめていた。

教室移動のとき、私を置いていった三人の後ろ姿が目に焼きついて離れない。

私は彼女たちの少し後ろをついていったけれど、その冷たい背中が振り向いてくれることはなかった。ただいつものように明るい声で楽しそうに会話をしているだけだった。まるで私なんていないかのように。

私の目には、三人で完結しているように見えた。もともと私なんていなかったかのように。

どうしよう、と真っ白になった頭で考える。またあのときみたいになったら、と考えただけで、震えがくるくらいに怖かった。

でも、今回は自業自得なのだ。私が悪かったのだ。遥の好きな人に恋をしてしまって、しかも彼と近づいてしまって、そのことが彼女たちを怒らせてしまったのだ。

このままじゃいけない、ということだけは分かった。もやがかかったように鈍い頭で必死に考えて、とにかく謝ろう、と思った。

スマホを取りだして、メッセージアプリの画面を開く。

四人で作ったグループがあるので、とりあえずはそこで謝ろうと思った。きちんと謝って、もう二度と彼方くんには近づかないから許して、と言うのだ。

そう決心してグループの画面を開こうとした瞬間、目を疑った。

『メンバーがいません』

グループ名が表示されていたはずの場所に、そんな文字が並んでいた。

震える指でグループトークを開く。

トーク履歴のいちばん下には、『香奈が遠子を退会させました』という通知が表示されていた。

　全身の力が抜けていく。

　私はスマホを伏せて机に置き、両手で顔を覆った。

　あの忌《い》まわしい記憶がよみがえる。

　私が消されたグループの中で、今いったいどんな会話が交わされているんだろう、と思うと、ぞっとした。

　しばらくうなだれていて、ふと思いついてツイッターを開く。

　タイムラインを追っていくと、香奈のツイートが出てきて心臓がどくんと跳ねた。

『身の程知らずの泥棒猫《どろぼうねこ》。ムカつく』

『ブスな女ほど男にコビ売ってキモい』

　誰が、とは書かれていない。でも、私に向けられたメッセージだと分かった。

　これ以上は見ないほうがいいと分かっていたけど、どうしても手が止められなくて、さらに先を追っていく。

　すると、数分前、昼休みが始まったくらいの時間に書きこまれた、香奈と菜々美のやりとりを見つけた。

『あいつ消えたね』

『どっか逃げてったよ』

『ウケるｗｗｗどこ行ったんだろ』

『トイレで食ってんじゃないの』

『きたなーい』

『お似合いだし』

『たしかに』

『移動のときも追いかけてきて気味悪かったよね』

『ほんとそれ。視界に入らないでほしいわ』

ここでも、私の名前は出ていない。でも、分かる。

『ぼっちがさみしいんでしょ、どうせ』

『うちらのおかげでぼっちにならずに済んでたのに、恩知らずなことするから、自業自得』

『言えてる。マジでキモい』

文字を目で追っていくにつれて、どんどん血の気が引いていって、こめかみのあたりに冷や汗がにじむのを感じた。

背筋がぞくぞくする。視界がくらりと歪んだ。

もうどうしようもないところまで来てしまっているような気がした。

たったの一日でこんなに変わってしまうなんて。昨日までは当たり前のようにいつも四人でいたのに、今日は三人と私の間に深い深い谷のような隔たりがある。

友達って、こんなにあっけないものなんだ。たったひとつのいさかいが原因で、最大の敵に変わってしまうんだ。

「……どうしよう」

香奈と菜々美は私とはタイプが違うといっても、これまで毎日一緒に行動していて、それなりに距離が縮まって上手くやっていたと思っていたのに。こんなにひどい言葉を平気で次々に浴びせてくるほど、私のことを疎ましく思っていたのだろうか。

机に突っ伏しているうちに、昼休みの終わりを告げるチャイムが鳴った。あと五分で午後の授業が始まってしまう。

おもりのついた足を引きずるような足どりで教室に入った。

見ないようにしようと思っていたのに、遥たちが座っている席に目を向けてしまう。

香奈と菜々美がちらりとこちらを見て、それから顔を寄せてなにかを言い合った。とたんに、きゃははと大きな声で笑う。

思わず、遥の顔を見た。彼女はすっと私から目を逸らし、少しうつむいて香奈たちの話に相づちを打った。

頭から氷水をかけられたような気持ちになる。

それで、気がついた。

私は、遥に期待していたのだ。また、以前のように助けてくれるだろうと。私にひどい仕打ちをする香奈たちに注意をして、苦しんでいる私に優しく声をかけてくれるかもしれないと。

でも、彼女は助けてはくれなかった。

香奈と菜々美のツイッターでのやりとりは、おそらく遥も見ているはずだ。でも彼女はなにも言わずにそのままにしているのだ。

私は遥にそれだけのことをしてしまった。彼女は私を許してくれないだろう。私の謝罪を聞くつもりすらないんだろう。だから私がメッセージを送っても電話をかけても、話しかけても返事をしてくれなかったのだ。

それだけ彼女の怒りが大きいということだ。

それなのに、遥の助けを期待していた自分の考えの甘さに嫌気が差した。

こんなにも遥を傷つけておいて、彼女に助けてもらえると思っていたなんて、私はどこまで自分勝手な人間なんだろう。

私は三人に近づかないように遠回りして席に戻り、一度も顔を上げずに授業の準備をして、ほとんどうつむいたまま授業を受けた。

それから休み時間も清掃時間も誰とも目を合わさず、会話もせず、存在を消したまま一日を終えた。

自分で蒔《ま》いた種とはいえ、またあの悪夢みたいな日々が始まるんだろうか。

目の前が真っ暗でなにも考えられなくなるような、あの日々が。

そんな恐怖に怯えていた。

それから数日の間に私は、今回の状況は中学のときよりももっと深刻で悲惨なものだと悟った。

ただ友達がいないだけではなく、インターネット上とはいえ積極的に繰り返し攻撃されるということが、こんなにも恐ろしく追いつめられるものだなんて、思ってもみなかった。

見ないほうがいいと分かっていても、どうしても気になって、一日に何度もツイッターを開いてしまう。

そして、予想していた通りにずらりと並ぶ残酷《ざんこく》な言葉たちを、見なければいいのに一言一句すべて読んでしまう。

『いなくなってほしい』『消えればいいのに』という言葉を見たときは、鈍器で殴られたような衝撃を受けて、息ができなくなった。

そのうち、スマホに触るのが怖くなって、今度は電源を切って机の引き出しに入れたままにするようになった。

それでも、学校での暗黙の攻撃はやまない。

三人は四六時中一緒にいて、今までのように楽しそうに話している。ときどき視線を感じて思わずそちらを見ると、すぐに目を逸らされて、今度はひそひそ話が始まる。そういうことが一日に何度も繰り返された。

もちろん、教室移動も昼休みも私はひとりだ。たまにクラスの女子が声をかけてくれることもあったけれど、そういうときに香奈と菜々美からの視線を強く感じて、それが怖くて落ち着かなくて、そっけない対応をしてしまった。

教室の居心地が悪くて、私は授業以外の時間のすべてを、ほとんど生徒が来ない本館のはずれのトイレの個室の中で過ごした。

彼方くんとは絶対に話さないようにした。

廊下ですれ違うときや、同じ授業を受けるときも、近づかないように細心の注意を払った。これ以上香奈たちを刺激したくなかったからだ。

すれ違いざまに彼からの視線を感じることはあったけれど、話しかけられたりしないように、うつむいて小走りで通りぬけてやりすごした。

ふわふわと宙に浮いているような、現実感のない日々が過ぎていく。

ただ時が過ぎていくのをひたすら待つだけで学校の時間が終わっていく。

家に帰ると、今日一日なにがあったのか、自分がなにを考えていたのか、まったく思いだせなくて怖くなることがあった。

＊

その日の午後いちばんの授業は合同クラスの英語だった。遥と彼方くんと一緒の授業というだけで、ひどく気が重い。

私はぎりぎりまでトイレにいて、チャイムと同時に教室に入って席についた。授業中は、なるべくふたりを視界に入れないようにひたすら黒板と教科書の文字だけを追うようにした。

終わりのチャイムが鳴り、私は急いで教科書を机にしまって教室を出ようとした。

そのときだった。

「遠子」

後ろから呼ばれた。すぐに彼方くんの声だと分かった。

私は聞こえなかったふりでやりすごそうと試みる。

でも、彼が前に回りこんできたので、出口をふさがれた形になって動けなくなってしまった。

「あのさ……」

彼方くんが真っすぐに私を見つめながら口を開く。

どうしよう、と思った。同じ教室の中に、遥がいる。彼と話しているところを彼女に見られたくない。これ以上傷つけたり怒らせたりするのはいやだった。

どうやって切り抜けようかと思っていたそのとき、

「とーおーこ」

突然、香奈が彼方くんの背後から現れた。他の教室で授業を受けて、戻ってきたのだ。

香奈は満面の笑みを浮かべて私を見ていた。

声をかけられたのも笑顔を向けられたのも久しぶりで、驚きで固まってしまう。どうして急に、と思ったけれど、次の瞬間にその理由がすぐに分かった。

「次、移動だよ。早く行かなきゃ、遠子」

そう言った彼女は、私と彼方くんの間に割りこんできた。彼との接触を阻止することが目的のようだった。

「さ、行こう」

香奈は私の腕をつかんで、教室の外に連れだした。彼方くんは目を丸くして私たちを見ていたけれど、そのまま一組の教室の方へと戻っていった。

廊下に出た瞬間、香奈はバッと振り払うように私の手を離し、眉間にしわを寄せながら冷たい目でちらりと私を見た。

「あんた、遥がいるのに、よく目の前で彼方くんと話せるね。マジで神経疑う」

「……ごめん、そんなつもりじゃ」

私の言い訳を聞くことなく、香奈は黙って教室の中へ戻っていった。

横目で見ると、香奈はうつむいている遥のもとへ行き、なにか話しかけている。私は泣きそうな気分でその場を離れた。


次の日は数学の合同授業があった。

また彼方くんと同じクラスで、しかも隣の席だと思うと、一組の教室に向かう足はひどく重かった。

昨日と同じように、チャイムぎりぎりで教室に入った。顔を伏せたまま席につき、彼方くんの方は見ないようにする。

早くチャイム鳴れ、と思いながら教科書を机に置いたとき、隣から「遠子」と小さく呼ばれた。どくんと心臓が跳ねる。

顔を上げずにいたら、彼方くんはさらに続けた。

「話したいことがあるんだけど」

「………」

なにも答えられない。

そのときチャイムが鳴って先生が入ってきたので、彼方くんは言葉を切った。私はほっとして教科書を開く。

でも、授業中もずっと隣から視線を向けられている気がして、ひどく落ち着かなかった。

永遠のように感じられる五十分間の授業がやっと終わると、私はすぐに席を立って教室を出ようとした。

そのとき、ぱっと手首をつかまれた。

驚いて心臓が止まりそうになった。彼方くんにこんなふうにされたのは初めてだった。

思わず振り向くと、彼はそっと手を離した。

「……大丈夫?」

私はなにも答えない。彼方くんが言った。

「なんか最近、元気ないよな。いつも暗い顔してるし」

「…………」

「もしかして、なにかあった?」

優しくいたわるような口調に、ここ数日の苦しかった気持ちが急に膨れあがって、泣きそうになった。

彼方くんに優しくしてもらえるのは嬉しい。でも、私みたいな人間にはそんなふうに気づかってもらう資格はない。

うつむいたまま首を横に振ると、彼方くんはさらに続けた。

「なんか悩んでるなら、俺でよければ話聞くよ」

嬉しいけれど、遥の顔がちらついて、申し訳なさで心がいっぱいになった。それに、もしまたこうして彼と話しているのを香奈たちに知られたら、と思うと、もっとひどいことになるかもしれないと恐怖が込みあげてきた。

私は細く息を吐いて、なにも答えないまま彼方くんに背を向け、教室を出た。

彼はそれ以上なにも言わなかった。

＊

そんなことが続いていたある日、昼休みになって教室を出ようとしたとき、突然、

「望月さん」と声をかけられた。

見ると、美術部の部長の中原先輩だった。

「あ……こんにちは」

久しぶりに学校で声を出した気がした。

「こんにちは。ちょっといい？」

「あ、はい」

「最近、部室に来ないから、どうしたのかと思って」

「………」

部活にもずっと行っていなかった。彼方くんと会ってしまうのではないかと思ったからだ。それに、絵を描く気になんてなれないというのもあった。

「まあ、ああいう自由な部活だから、べつに来ても来なくてもいいんだけど。でも、今までずっと来てた望月さんが来ないなんて珍しいなと思って」

「……ちょっと、いろいろあの、忙しくて」

「そう。それならいいんだけど。ただ、もうすぐ締め切りの美術展の作品、そろそろ仕上げておけって顧問が言ってたから。望月さん、まだ進めてないでしょう？」

そういえばそんなのもあったな、と思いだした。それくらい最近の私は絵から気持ちが離れていたのだ。

「望月さんが作品を出してくれないと、うちからの出品者が深川くんだけになっちゃいそうだから、それはあんまりだって顧問が嘆《なげ》いてて。まあ、気が向いたら、よろしくね」

中原先輩は、私の負担にならないようにと気をつかってくれたのか、軽い調子で言って立ちさっていった。

その日の放課後、久しぶりに美術室に行った。

ドアを開けるといつもの光景が広がっていて、ふわりと肩の力が抜ける気がした。気持ちが少しだけ軽くなる。

「こんにちは」と声をかけると、中原先輩が読んでいた本から目を上げて微笑み、「こんにちは」と返してくれて、とくになにも言わずに目を戻した。いつも通りの反応に安心する。

奥の方にいた深川先輩にも声をかけると、「よう」と答えてくれて、スケッチブックを抱えたまま出ていった。どこか他の場所で描くのだろう。

いつもはすぐに窓際の席に座っていたけれど、今日も陸上部がグラウンドで練習しているのを目で確認して、窓からいちばん離れた机に荷物を置いた。

まだほとんど進んでいないキャンバスを取りだしてくる。

いつものように画材の準備をして筆を握ると、ここ最近ずっと波立っていた気持ちが少しずつ凪《な》いでくるのを感じた。

無心に筆を動かしていると、いやなことも忘れられる気がする。たとえその場しのぎでしかないとしても。

　夢中になっていたせいか、背後のドアをノックする音がしたとき、急に現実に引き戻された。美術室に入るときにノックをする人なんていないので、怪訝に思って振り向くと、「失礼します」という声がして、遠慮がちに扉がゆっくりと開かれた。

「え……っ」

　驚いて声を上げてしまった。

「入っても大丈夫ですか？」と心配そうに首を傾げているのは、部活の練習着を着たままの彼方くんだった。

　びっくりしすぎてなにも言えずにいると、中原先輩が「どうぞ」と答えたので、彼方くんは「ありがとうございます」と中に入ってきた。

「……久しぶり」

　そう声をかけられて、うなずくことしかできない。

「ちょっと話がしたいんだけど、今、大丈夫？」

　答えられずにいると、中原先輩がまた「どうぞ」と言った。驚いて振り返ると、彼女は「行ってらっしゃい」といたずらっぽく笑っていた。

「じゃあ、お言葉に甘えて」

　彼方くんも笑顔で中原先輩に答え、それから私を手招きした。なんとなく逆らえない、有無を言わさぬ雰囲気に、私は戸惑いながらも黙って立ち上がる。

彼方くんはしばらく歩いて、ひと気のない廊下の端で足を止めた。

誰もいない場所で、ふたりきり。またこんな状況になってしまった。

だめだ、誰かに見られる前に逃げなきゃ、と反射的に思って、私は踵を返した。

その瞬間、「遠子！」と呼ばれ、後ろから腕をつかまれた。あ、と思ったときには、そのまま腕を引かれ、壁際に追いやられていた。

壁に背中をつけて、目を上げる。

すぐ目の前に彼方くんの顔があった。その近さに、心臓が大きく跳ねる。

彼は私を閉じこめるように壁に腕をつき、「遠子、逃げないで」と言った。

「強引なことしてごめん」

「…………」

「でも、こうでもしないと、また逃げられそうだったから」

図星だったので、なにも言い返せなかった。

もう逃げられない、と思った。観念した私は、肩を縮めたまま彼の言葉の続きを待つ。

「……最近、俺のこと、避けてたよな」

ごまかしようもないと思って、私は小さくうなずく。

「最初は、嫌われたのかなと思って、それなら無理に近づくのもいやだろうし、俺もあえて話しかけたりしないようにしてたんだけど」

「…………」

「でも、廊下とかでたまに見かけたとき、様子がおかしいなって気がついて……」

聞いているのがつらくなって、思わず顔を背けた。

好きな人に、自分が友達から疎外されていることを知られるなんて、恥ずかしい。

高校生になってからも、やっぱり人付き合いが上手くできない自分が情けない。

知られたくなかった。大好きな彼方くんにはいちばん知られたくなかった。

「──俺のせい？」

彼方くんがぽつりと言った。

「……だよな、たぶん。あのときの感じからして……」

私は違うと伝えたくて、何度も首を横に振った。

「そうだろ？　あのとき俺が遠子に話しかけたから」

「違うの、そうじゃなくて、私が……」

私が彼方くんを好きになっちゃったから、とは言えなかった。口ごもっていると、
彼は少し困ったように笑った。

「ごめんな。勝手に悪いかなと思ったんだけど、ちょっと三組の知り合いに聞い

ちゃったんだ」

「………」

「そしたら、遠子、今まで仲良かった岩下《いわした》さんたちと一緒に行動しなくなって、ネットでも嫌味言われてるみたいだって……」

岩下というのは香奈の名字だ。そこまで知られてしまっていたら、もう弁解の余地はなかった。私は唇を噛んでうつむく。

恥ずかしくて情けなくて、消えてしまいたかった。

「たぶん、俺と広瀬さんのことと関係あるんだよな？」

きっと、香奈たちから私がどう言われているのかも、彼方くんは知ってしまったんだろう。

「ごめん、本当に……」

「……彼方くんが謝ることじゃないよ。それに遥も関係ない。遥が怒って当然なことをした私が悪かったんだから……」

目の奥のほうが鈍く痛み始める。喉がぎゅっと絞られたように苦しくなる。泣いてしまいそうで、必死にこらえた。

私が悪かったんだ。彼方くんは悪くない。

遥の気持ちを知っていたのに、彼方くんを好きになってしまって、彼女の知らないところでこっそりと距離を縮めるようなことをしてしまった。それが悪かったんだ。

今思えば、最初から正直に言えばよかったのかもしれない。私も彼方くんを好きになってしまったと。どうせ諦められないのなら、隠していたのが間違いだった。

それなのに陰でこそこそしていたから、ばれてしまったときに香奈たちを怒らせてしまったんだ。

そんなふうに考えていると、彼方くんが低く「違うだろ」とつぶやいた。

「……遠子は悪くないだろ」

目を上げると、彼はどこか怒ったような顔をしていた。

「悪いのは、いやがらせとか無視をするほうだろ。されてる側は、なんにも悪くないよ」

「…………」

それから表情を緩めた彼方くんの視線が優しく私を包む。

「自分のせいだとか、自分が悪かったとか、自分を責めたらだめだよ。いじめる側が悪いに決まってるじゃないか。たとえ遠子になにか落ち度があったとしても、だからって寄ってたかって無視したり、陰口言ったり、そんなことしていいわけない。やってる側が一〇〇パーセント悪いんだ」

視界がにじんで、慌ててぬぐおうとしたけれど、涙がぽろりとこぼれてしまった。

「遠子は悪くない」

昼から嗚咽が洩れる。涙も泣き声もこらえきれなくなって、私は顔を覆って泣いた。

彼方くんがそっと背中をさすってくれる。その温かさと優しさに、さらに涙は止まらなくなった。

「ごめんな、気づいてやれなくて、遅くなって……」

その言葉でたがが外れたように、私は声を上げて泣いた。子どもみたいに泣きじゃくった。

その瞬間、柔らかい温《ぬく》もりにふわりと身体を包まれた。

泣きながら、驚いて目を開ける。

私は彼方くんに抱きしめられていた。強くではなく、包みこむように優しく、少し遠慮がちに。

「遠子は悪くない。だから、もう苦しまなくていいよ」

彼方くんは私の耳元にささやきかけながら、何度も背中を撫でてくれた。

どうして彼方くんは、私の欲しい言葉が分かるんだろう。この苦しかった数日間、私がずっと求めていた言葉をくれるんだろう。

どうしてこんなに優しくしてくれるんだろう。私が求めていた温もりをくれるんだだろう。

だから、諦められないんだ。彼方くんと話せば話すほど、どんどん好きになってしまって、思いを消すことができないんだ。

しばらく泣き続けて、やっと涙が枯《か》れてきたとき、彼方くんがそっと身体を離して、私を正面から見つめた。

「俺にできること、なにかないかな」

泣いて腫れぼったくなっているはずの顔を見られるのは恥ずかしかったけれど、目を上げて彼を見つめ返す。

彼方くんは私をじっと見つめながら続けた。

「俺は遠子に助けられたから、今度は俺が助けてあげたい。遠子がよければ、俺が岩下さんたちと話して、いじめなんかやめろって言うよ」

嬉しかった。『助けてあげたい』と言ってもらえて、息ができないくらいに苦しかった心が、喜びに震えた。

「……でも」

彼方くんにそんないやな役目をさせたくなかった。

私がうなずかずにいると、彼方くんがさらに言いつのった。

「それに、中学のときにあいつを助けられなかったから、今度こそ見て見ぬふりなんかしたくないんだ……自分にできることはやりたい。もう後悔したくないから」

それを聞いて、はっとした。

もしかしたら彼にとっては、そちらの理由のほうが大きいのかもしれない。いじめられていた幼なじみを助けられなかったという、何年間も彼を苦しめた後悔を繰り返さないために。そうすれば彼の罪悪感も少しは軽くなるのかもしれない。

でも。

「……そんなことは頼めない」

もしも彼方くんが私のために香奈たちになにか言ってくれたとして、へたをしたら彼までいやがらせの対象になってしまうかもしれない。それだけはいやだった。

「……どうしても？」

「……どうしても」

黙りこんでいると、じっと私を見つめていた彼方くんが、ふいに口を開いた。

「遠子は今、なにがいちばんつらい？」

突然の問いに顔を上げる。彼方くんはたしかめるように繰り返した。

「そんなにつらそうな顔をしてる理由は、なに？　仲間外れにされてること？　嫌味を言われてること？」

少し考えて、私は首を横に振った。

ひとりぼっちになったのは初めてではない。嫌味だって、言われたのは私が悪かったと自覚しているから、納得している。

それよりも、いちばんつらいのは。

「遥が口をきいてくれなくなったこと……」

そう答えて、自分でも納得した。

そうだ。私が今いちばんつらいのは、こんなに苦しい理由は、遥と話せなくなってしまったことだ。

「遥のことがいちばん大事なのに、遥を怒らせて、遥に嫌われちゃった……」

そっか、と彼方くんは小さくうなずいた。

「じゃあ、遠子はどうしたい？」

次は即答できた。

「遥と仲直りがしたい」

きっぱりと言いきると、彼方くんが目を細めて笑った。

「そしたら、やることはひとつだな」

その言葉に、私は「でも……」とうつむく。

「謝って仲直りしたいんだけど、どうすればいいか分からないの。どうやって声をかけたらいいか」

なにをしても振り向いてくれない遥に、どうやって謝ればいいのか分からない。

うつむいていると、しばらくして彼方くんが口を開いた。

「謝るって、難しいよな。ただやみくもに『ごめんなさい』って言ったって、相手の心に響くとは限らないし」

彼はどこか遠い目をして言った。助けてあげられなかった幼なじみのことを思いだしているのかもしれない。

問いかけるように言われて、私も考える。ただ『ごめん』と謝るだけでは、きっとなんの解決にもならない。そうじゃなくて。

「――自分の気持ちをちゃんと伝えないと、だめだよね」

ぽつりと言うと、彼方くんが小さくうなずいた。

「どうしてそうなったか、理由を説明してちゃんと謝って。それで、遥のことが大事だから仲直りしたい、っていう気持ちをきちんと伝えなきゃだめだよね」

「うん……俺もそう思うよ」

だから、やっぱり遥と向き合って話したい。

「広瀬さん、呼んでこようか？」

彼方くんが言ってくれたけれど、私は首を横に振った。

「ううん、大丈夫。だってこれは私の問題だから……私が乗りこえなきゃいけないことだから」

彼方くんがまばたきをして私を見た。

「中学で孤立しちゃったときも、いやがらせされたときも、私は自分からなにもできなかった。しなかった。ただ悲しいとか苦しいとか思うだけで、自分の力でそれを解決しようとしなかった。遥に助けられるまでずっと、ただじっと耐えてるだけだった」

「………」

「でも、そんなんじゃだめだよね。自分から動いて、自分の気持ちを伝えられるようにならないと。いつまでもこんな私じゃ、ずっとだめなままだもん」

小さいころから、自分の気持ちを言葉にするのが苦手だった。

正直な気持ちを言おうとしても、周りの人の顔色とか、機嫌とか、その場の空気とか、いろんなものが気になってしまって、いつの間にか言葉を見失ってしまったのだ。

そのうちに、周りから『遠子ちゃんは大人しいね』『人見知りだね』と言われるようになった。一度そういうレッテルを貼られてしまったら、本当に自分はそういう人間なんだ、そういう人間として振る舞うべきなんだという気がしてきて、楽しくてもはしゃぐことができなくなり、見知らぬ人に声をかけるのが躊躇《ためら》われるようになった。

そうしたら、本当に誰にも本心を言えなくなっていって、言わずに隠しているうちに、自分の本心がどんなものなのかさえ、分からなくなっていった。流されて流されて、周囲に合わせて、私は生きてきたのだ。

でも、それではだめなんだ。自分の気持ちはちゃんと言葉にしないと、誰にも分かってもらえないのだ。

言いたいこと、言うべきことは、言わなきゃいけない。

彼方くんを見る。

彼はまだなにか言いたそうな顔をしていた。彼もきっと、過去の後悔を乗りこえたいのだ。だから、行動を起こさずにはいられない気持ちなのだ。

でも、そんな必要はないと思う。私は彼に「あのね」と笑いかけた。

「彼方くんの『俺が助けてあげたい』って言葉だけで、私はものすごく救われたよ。味方になってくれる、私の気持ちに寄り添ってくれる人がいるって分かっただけで、すごく救われた」

たくさんの優しい言葉と思いやりをくれた、それだけで私の心がどんなに軽くなったか。

それが彼方くんに伝わればいいと思いながら、ゆっくりと言葉を続ける。

「彼方くんはもう見て見ぬふりなんかじゃないってことだよ。その言葉で、苦しんでた私を救ってくれたんだから。直接香奈たちになにか言ったりしてくれなくても、私はもう十分助けられたよ。彼方くんはもう、前とは違うんだよ」

そうかな、と彼方くんは不安げに言った。

そうだよ、と断言すると、彼はふふっと笑う。

「そうなのかな」

「そうだよ。たった今救われた本人が言うんだから間違いないよ」

彼方くんは、あはは、と声を上げて笑った。私の好きな、明るくて屈託のない笑顔で。

それに勇気づけられて、私は言った。

「──遥や香奈たちと話し合って決着をつけるのは、私自身がやらなきゃいけないことだと思う」

今ならまだ間に合う気がした。

もっと決定的で深刻な状態になってしまう前に、ちゃんと私が勇気を出して声をかけて、説明すれば、解決できるはずだ。

なにより、遥とこのままになってしまうのはいやだった。彼女に謝って、仲直りがしたい。

「自分で話してみるよ」

そう言うと、彼方くんはまた笑った。

「強いなあ。やっぱりすごいよ、遠子は」

強くなんかない。全然だめなところばっかりだ。

でも、今までよりもう少しだけ、ほんのちょっとでいいから、強くなりたい。

「ありがとう、彼方くん。おかげで決心がついたよ」

そう言うと、彼は照れくさそうに笑った。

それから、ふいに真剣な眼差しになって「あのさ、これだけは覚えててほしいんだけど」と続けた。

「なにがあっても、どうなっても、俺は遠子の味方だから」

胸がじわりと温かくなった。私は泣きそうになりながら、うん、とうなずいた。

＊

「話があるの」

翌日。終礼が終わってすぐに私は席を立ち、遥たちのもとへ行って声をかけた。

彼女たちはいっせいに顔を上げ、少し驚いたような表情で私を見つめている。

「聞いてくれる？」

すると香奈が顔を歪めてがたんと席を立ち、「行こ」とふたりに声をかけた。私を避けようとしているのが分かる。菜々美はうなずいて同じように席を立った。遥は少し戸惑うようなそぶりを見せたけれど、香奈に腕を引かれて立ち上がる。

そのまま三人が教室を出ていこうとするので、私は慌てて「待って」と声をかけた。

「お願い！　話を聞いて」

こんなに大きな声で彼女たちに話しかけたのは初めての気がする。

私はいつも、とくに香奈と菜々美の顔色を窺って、邪魔にならないように、ふたりが気に入りそうな言葉を選んで目立たないように発言していた。

いつになくはっきりと言葉を口に出した私に意表を突かれたのか、三人の足が止まる。そのチャンスを逃さないようにさらに続けた。

「もう……こういうの、やめてほしい」

きっぱりと言うと、三人が振り向いた。

香奈の眉がくっとつりあがる。菜々美も険しい表情だった。遥はただ静かに私を見つめ返している。

「私にも悪いところはあったと思うけど、でも、あんなふうに陰でいろいろ言われるのは、すごくつらいしいやだ。言いたいことがあるなら、無視したり陰で言ったりしないで、直接伝えてほしい。そしたら私だって謝れるし、悪いところがあるなら直すから」

途中で心が折れてしまったりしないように、言おうと考えていたことを一気に言った。私が口を閉じると、沈黙が訪れる。

しばらくして香奈が、

「……うざっ」

と低く言った。そのまま早足で教室を出ていってしまう。

菜々美もあとに続こうとして、一瞬立ち止まり、口を開いた。

「遥の気持ち知ってたくせに、こっそり横取りするとか、最っ低。ぼっちで可哀想だから仲良くしてやってたのに、恩知らず」

冷たい言葉とともに立ちさっていく。私はふたりの背中を黙って見送った。

友達付き合いって、本当に難しい。ささいなきっかけであっけなく崩れ落ちてしまって、とくに女子の場合は一度だめになったら修復はほとんど不可能だ。

今ならまだ仲直りできるかもしれない、と思っていたけれど、そんなに簡単なものじゃなかった。

でも、いい。香奈と菜々美は、たぶんもともと本当の友達なんかじゃなかった。彼女たちは、遥が私をグループに誘ったから仕方なく受け入れていただけで、そもそも私のことを友達だなんて思っていなかっただろう。私のほうも無理に彼女たちに合わせていただけで、心を開いていたわけではなかった。だから、彼女たちと仲直りできなくても仕方がないし、諦めがつく。

だけど、遥はべつだ。

視線を戻すと、彼女はまだそこにいて、少し困ったような表情で私を見ていた。

私は、遥とだけは、仲直りしたい。私にとっていちばん大切な、特別な存在。

彼女とは、元通りになりたい。

「……ちょっと時間もらえる？」

そっと訊ねると、彼女は一瞬唇を噛んでから、うん、とささやくように答えた。


遥を連れて、美術室の扉を開けた。

時間が早いからか、部員はまだ誰も来ていなかった。

振り返ると、遥はどこか緊張したような表情をしていた。

「あのね……遥に見てほしいものがあるの」

小さく言うと、彼女は静かにうなずいた。

私は棚からスケッチブックを取りだして、遥の目の前でページを開いた。

「これ……」

遥が目を見開いてじいっと凝視している。

「……彼方くん？」

私は、うん、とうなずいた。

私のスケッチブックは、棒高跳びの練習をする彼方くんで埋めつくされていた。美術室の窓から、ひらりと空を跳ぶ彼の姿を見て、何度も描いては消して、それでもまた描いて、消すことのできなかったたくさんの絵。

「すごい……。すごくよく描けてる。遠子、本当に上手だね」

遥はページをめくりながら、感心したように言ってくれた。

「……ありがとう」

答えてから、私は言った。

「これが、私の、本当の気持ち」

「…………」

「私も、ずっと、ずっと前から、彼方くんのこと、好きだった」

じっと絵を見ていた遥の顔が、ふいに、くしゃりと崩れた。

「うん……うん。知ってたよ……なんとなく、分かってた」

え、とかすれた声を洩らすと、彼女はくすりと笑った。

「……本当はね、どこかで分かってたんだよ。遠子も彼方くんのこと、好きなんだろうなって」

今にも泣きだしそうな声だった。

笑っているけれど、笑っていないのだと分かる。そんな苦しそうな顔を遥はしていた。

「なんとなく、だけど。分かるよ、小さいときから遠子のことは知ってるんだから。様子がおかしいことくらい」

驚いて声も出せなかった。上手く隠せていると、思っていたのに。

「なんとなく、彼方くんのことよく見てる気がしたし。逆に変に目を逸らしたりもしてる気がしたし」

「………」

「あと、私が彼方くんの話をすると、なんか、受け答えがおかしかった」

遥には、かなわない。遥はあっけらかんとしているようで、本当はとてもよく周りを見ている。そのことを、誰よりも私は知っていたはずなのに。

しばらく黙っていた彼女の顔が、ふいに歪んだ。

「……ごめんね、遠子。私、遠子の気持ちに気づいてからずっと、すごくずるいこと考えてたの」

いきなりそんなことを言われて、私は息を呑んで遥を見つめ返した。

「遠子がね、私のことすごく大事にしてくれてるの、分かってたんだ。私を裏切れないって考えてること、分かってた。だからね、きっと遠子はどんなに彼方くんのことが好きでも、諦めてくれるだろうって思ってたの」

思いもしなかった遥の言葉に、私は声を失う。

「わざとらしく彼方くんのこと好きだ好きだって、何度も遠子の前で言って。そうしたらきっと遠子は彼方くんに告白したりしないだろうって、考えてたの」

遥がどこか自嘲的な笑みを浮かべた。

「……ずるくて、卑怯《ひきょう》でしょ？」

私は「そんなことない」と首を横に振った。

「そんなことないよ。私のほうがもっと卑怯なこと考えてた」

「うそ」

「ほんとだよ。だって……」

言いたくなかった。自分の汚い部分をさらすというのは、こんなにも痛い。

でも、遥は言ってくれたのだ。だから、私も言わなきゃ。

「私はね……遥が、彼方くんに告白して、いい返事がもらえなかったって知って」

どくどくと耳の奥でいやな音がする。

全身が心臓になったように激しく脈打っていた。

「……よかった、って、思ったの」

泣きたくなった。自分の心の醜さがいやでいやで、泣きたくなった。

「ごめん、遥……ごめんね」

必死に涙をこらえながら言うと、遥も涙声で「私こそ」と言った。

「遠子に、もっと謝らなきゃいけないことがある」

「え……?」

「――無視して、ごめん」

遥の大きな両目から涙が溢れだした。

「遠子のこと避けたり、置いていったりして、ごめん。香奈と菜々美がひどいこと言ってるの知ってて、止めなかった。私も共犯だよ。つらかったよね……ほんとに、ほんとにごめんね……」

最後のほうは、嗚咽と涙で歪んで聞きとれないくらいだった。つられたように私もうめき声を洩らしながら泣いてしまう。

「こんなことしちゃだめだって、なんて最低なことしてるんだろうって、頭では分かってたんだけど、心がついていかなかったの。香奈から、遠子が彼方くんと……」

「うん、うん……」

「彼方くんとふたりでいるの、何回も見たって聞いて……」

「うん……ごめん」

「それにね、彼方くんに告白したとき、知っちゃったんだ……。遠子が彼方くんに、私のことすすめたって」

「え……」

なんでそれを遥が知っているんだろう。言葉を失っていると、

「誤解しないでね。彼方くんが自分から言ったわけじゃないよ。彼方くんの答え方とか、表情とか、なんかおかしいなと思って。私がしつこく何回も問いつめて、教えてくれなきゃ納得できない、諦めがつかなくて苦しいって言ったら、彼方くん優しいから、可哀想になったみたいで、教えてくれたの」

「………」

「じつは一昨日遠子と話したんだって。あんまりはっきりとは言わなかったけど。遠子は、私と彼方くんはお似合いだよ、とか言ったんでしょう？」

「……ごめん。勝手なことして……」

「ほんと、超勝手だよ」

遥はあきれたように笑って言った。彼女らしくない言葉に、私は驚いて目を上げる。

すると遥はいたずらっぽく笑って続けた。

「正直、腹が立ったよ。ムカついた。恥ずかしいし、余計なお世話って思ったし、プライドが傷ついた」

彼女が『ムカついた』なんて口にしたのは初めて聞いた。

唖然として見つめ返していると、遥はおかしそうに噴きだした。

「びっくりした？　これが本当の私だよ」

「え……？」

「人の悪口とか言ったりしない、いつもにこにこしてる、そういう女の子のふりしてるけど。本当は、心の中ではムカついたり怒ったり、いやなこと考えたりしてる。ただ表に出さないようにしてるだけ」

なにも言えなかった。

でも、少しほっとする。遥も普通の女の子なんだ。天使みたいに完璧に優しい女の子じゃなくて、私と同じように、黒い感情も持ってるんだ。

「だからね、遠子に腹が立ってたから、傷ついたから、香奈たちから『遠子を外そう』って言われたとき……反論しなかったの」

「……うん」

「ちょっといやな思いさせちゃおう、くらいの気持ちだった。でも……遠子の顔見てたら、なんてことしちゃったんだろうって、すごく後悔して、自分が怖くなった。遠子の気持ち考えたら……」

遥がまた涙目になって、「ごめん」と繰り返した。私は首を横に振る。

「私も……自分が遥にいやな思いさせて傷つけておいて、なんで遥は助けてくれないんだろうとか思ってた。ごめんね、自分のことばっかりで、最低だった」

涙が溢れて止まらなくなって、私は泣き崩れた。すると遥も、「ううー」とうめいて崩れ落ちた。

彼方くんの絵の前で、私たちは泣き続けた。

泣いて、泣いて、しばらくすると、どちらからともなく立ち上がった。

「……ふふっ」

「あはは」

なぜだかおかしくなって、泣き腫らした顔を見合わせて笑う。

ひとしきり笑ってから、遥が「あのね」と声を上げた。

「彼方くんって、もしかして、遠子のこと好きなの？」

「えっ？」

予想もしなかった言葉に目を丸くしていると、彼女は笑顔のまま私を見つめた。

「告白したときにね、彼方くんが言ってたの。遠子は友達思いだよなって。そのときの顔がね、すごく優しい表情だったんだ。そういえば今までも遠子に何回も話しかけてたよね。それで、そういうことかって、なんかいろいろ納得したの」

どう返せばいいか分からず、黙って遥を見つめ返す。

彼方くんが私をどう思ってくれているか。もしかしたら、と思ったことはあったけれど、はっきりとした確証はまだない。

でも、遥はかまわずに続けた。

「だからね、あれからずっと、心の準備はしてたよ。もう覚悟はできてる」

覚悟?と聞き返すと、彼女はにっこりと笑みを浮かべた。

「遠子がね、『彼方くんと付き合うことになりました』って私に報告してくるときの覚悟」

すぐには言葉が出なくて、少しうつむいて唇を噛んでから言った。

「……ごめん」

思わずそうつぶやくと、遥がにこっと笑った。

「謝らないで」

強い口調に、私は顔を上げる。

「忘れないでね。私にとって遠子は、誰にも代えがたい存在だから」

「え……?」

思いもよらないことを言われて、私は目を丸くした。

「遠子は、他の子たちとは違うから……いつも真っすぐで正直で、適当にその場しのぎのことを言ったりしないから。だから、私は、遠子を大事な存在だと思ってる。遠子のことを誰よりも信じてる。遠子は私にとってかけがえのない友達なの」

遥の言葉には、真実の響きがあった。

そんなことを思ってもらえていたなんて。こんなにすてきな女の子から、こんな言葉をもらえるなんて。

「私のほうこそ……遥には何回も助けてもらって、本当に感謝してるよ。いちばん大事な友達だよ」

「ふふ、ありがと。遠子がそう思ってくれてるってこと、伝わってたよ」

「うん……」

「だからね」と遥が私を真っすぐに見た。

「私は、遠子のためなら、彼方くんを諦められるの」

私は言葉を失い、じっと遥を見つめ返す。その顔がまた涙に歪んだ。

「ごめんね……遠子。遠子は今まで私のために、ずっと〝好き〟を我慢してたんだよね。ずっとずっと、自分の気持ちを押し殺してくれてたんだよね」

つられたように私までまた涙が込みあげてきた。

「ごめんね、遠子だけ我慢させて。ずっとずっと、苦しかったよね……」

「そんなこと……」

「私はもう、彼方くんのことは諦める。自分のこと好きになってくれる可能性がない人を思い続けられるほど、私は強くないから。だから……」

遥が私の手をぎゅっと握ってくれる。

「遠子は、自分の思うようにしていいんだよ」

気遣いと温もりの塊が、私の中にぽんっと飛びこんできた。彼女はこんなときまで優しい。切ないくらい優しい。

私は嗚咽をこらえながら、「ありがとう」と遥の手を握り返した。

しばらくして涙も乾いてきたころ、遥は「じゃあ、そろそろ行くね」と立ち上がった。

彼女を見送るとき、私はその背中に「ねえ、遥」と声をかけた。彼女が振り向く。

「たとえ遥が本当は、心の中では普通の子みたいに怒ったり悪口言ったりすることがあったとしても……」

「……うん」

「それでも私にとっては、遥は世界一優しくて、世界一完璧で、世界一すてきな、大好きな女の子だよ」

遥は言葉を失ったように私をじっと見つめ返した。その瞳にまた、じんわりと涙がにじむ。

「あのとき、助けてくれてありがとう。遥がいなかったら、きっと私は今、生きてないから」

やっと伝えることができた感謝の言葉。

遥は両手で目をこすりながら、「もう」と笑った。

「せっかく泣きやんだんだから、泣かせるようなこと言わないでよね」

私は「ごめん」と笑った。

私たちは小学一年のときから友達だった。でも、こんなふうに本心を話し合ったことはなかったと思う。私と遥は初めて、自分の心の奥底の醜い感情をさらけだして、そしてお互いに対する思いを素直に伝え合ったのだ。

やっと、〝本当の親友〟になれたような気がした。


遥を見送って美術室に戻ると、深川先輩が私の描きかけの絵の前に立っていた。

美術展に出品するたびに入賞するほど絵の上手い先輩に、自分の作品をじっくりと見られるのは恥ずかしくて、「どこかおかしいですか」と声をかけてみる。

すると先輩はゆっくりとこちらを振り向き、

「描きたいものを描けよ」

と言った。

「描きたいものを描いてない絵には、力がないから、すぐに分かる。好きなものを堂々と描け」

なにも答えられない。

私が今描いているのは、窓から見たグラウンドの風景だった。誰もいない空っぽのグラウンドと、その上に広がる青空。

「お前が描きたいと思ってるものは、他にあるだろ」

深川先輩はまた私の絵に視線を戻す。

「本当に描きたいものを描けば、描きたくてたまらないものを描けば、その絵は絶対に、自分の中で最高の出来になる」

確信に満ちた口調で言う彼が今までに描いたいくつもの絵を、私は思い浮かべた。

先輩はいつも空の絵を描いている。飽きないのか不思議に思うほど空ばかり描いている。でもそれはすべて違っていて、それぞれの個性があった。そしてどの作品も、圧倒的にすばらしくて、力強くて、自信に満ち溢れたすごい絵だった。

「先輩は空が大好きだから、空の絵を描いているんですね」

そう言うと、先輩はにっと笑って「当たり前だろ」と答えた。

それから「だけど」とふいに真剣な表情になる。

「本当はもうひとつ……空と同じくらい……いや、もっと描きたいものがある。次の展覧会では、それを描くんだ」

そう言った先輩の目は、今まで以上に輝いている気がした。

きっとその絵は、彼の全力を注いで描かれて、とてもすばらしい作品になるんだろう、と確信できるほどに。
私は今まで、本当に描きたいものを力いっぱい描いたことがあっただろうか。
最高の出来だと言える絵を、描いたことがあっただろうか。
描いていないのだとしたらそれは、とてももったいないことなのかもしれない。
先輩が振り向いて、真っすぐに私を見つめながら言った。
「お前が描きたいものは、なんだ？」
私が、描きたいものは――。

だから、君を描く

絵を描く、ということは、自分の心に深く突き刺さった美しいものを、それを見たときに湧きあがった感情を、誰かに伝えるために形にするということだと思う。

その美しいものは、どこかの風景だったり、誰かの表情だったり、もしくは誰かの優しさのような形のないものだったりする。そういう形のないものでも、絵の具とキャンバスがあれば、描くことができるのだ。色や線を与えて、形にすることができるのだ。

私が今描こうとしているのは、私が今伝えたいことのすべてだ。

これを上手く描けたら、きっと、私の思いは伝わるはず。

自分の気持ちを上手く言葉にできない私でも、伝えることができるはずだ。

＊

「そうか、広瀬さんとは仲直りできたんだな」

彼方くんが本当に嬉しそうに笑ってくれて、私も思わず「うん」と笑った。

夏休みのころのように、美術室の窓越しに、グラウンドの彼方くんと話をする。それだけで心が弾むようだった。

「よかったな、本当に」

「うん。……香奈と菜々美とは、やっぱりまだぎくしゃくしてるけど……」

「まあ、それは仕方ないよ。時間が経ったら、もしかしたらわだかまりもなくなるかもしれないし。のんびりかまえるしかないよな」

「そうだね。人付き合いって難しいね」

少し眉を下げて彼方くんの方を見ると、グラウンドの上に広がる真っ青な空が目に入った。

「今日、いい天気だね」

「そうだな。久しぶりに晴れたなあ」

「台風とかでずっと天気が悪かったもんね」

「本当だよ。やっぱり棒高跳びってさ、なんとなく晴れてるほうがよく跳べるんだよな」

「へえ！　天気と記録って関係あるんだ」

「いや、気持ちの問題？」

「あ、気持ちか」

思わずくすりと笑うと、彼方くんも小さく噴きだした。

遥と話をした日から、一週間が経とうとしていた。その間、私たちは毎日美術室の窓越しに話をしていた。

彼方くんといるのは、とても居心地がいい。どきどきするけれど、不思議なくらい穏やかな気持ちになる。彼方くんの前では気を張らなくていいし、素直な自分でいられる。

だから、もっともっと彼と一緒にいる時間が長ければいいなと思うし、この窓越しという距離がもっと縮まればいいなと思う。

でも、私たちの距離は、やっぱりまだ二メートル離れたままだ。

「こういう日は、跳んでて気持ちいいよ」

そよ風に吹かれて、彼方くんが心地よさそうに目を細める。

「……どんなふうに見えるんだろう」

気がつくと、そんな言葉が唇からこぼれていた。彼方くんが「え？」と首を傾げてこちらを見る。

「私は運動とか苦手だし、絶対無理なんだけど。棒高跳びで跳んでるときって、空がどんなふうに見えてるのかなって……」

きっと、ただ立って見上げている空とは、全然違ったものに見えているんじゃないだろうか。そんなことをふと思いついた。

するとと彼方くんはしばらく考えこむようなしぐさをして、それから言った。

「――じゃあ、見てみる？」

え？　と首を傾げると、彼方くんは楽しそうに笑った。

「俺がいつも見てる空を、遠子にも見せてあげる。外に出ておいでよ」

私はぽかんと口を開いた。


「こっちこっち」

校舎から出ると、彼方くんが太陽みたいな笑顔でこちらに手を振っていた。うん、と答えてグラウンドの中へと走っていく。

「でも、いいのかな。私、邪魔にならない？」

「大丈夫だよ、今日はもう練習は終わりだから」

「あ、ほんとだ」

見ると、たしかに部員は誰もいなかった。

「じゃあ、遠子、そこに寝て」

「えっ？」

わけが分からず彼方くんを見上げる。彼が指さしているのは、棒高跳びのバーの下に置かれた凹型のマットだった。

「バーのところに、横になって」

私は戸惑いながらも彼方くんに言われた通り、分厚いマットの上に横になる。

視界が反転して、鮮やかな青空が広がった。その真ん中を横切るように、白いバーが真っすぐにのびている。

絵になるな、と思った。

「じゃあ、今から行くよ」

横から彼方くんに話しかけられて、私はそちらを見る。

「今からこの上を跳ぶから、見ててほしい」

「え……」

やっと彼方くんの考えていたことが分かって、私は目を丸くした。

「俺が跳ぶときにどんなふうに空を見てるか、遠子にも見てほしいんだ」

胸が高鳴る。

それはとてもすばらしい、夢のようなことだと思った。誰よりも楽しそうに、美しく跳ぶ彼方くんと、見ているものを共有できるなんて。

私は「うん、見てる」と大きくうなずいた。

「ポールが近くに来たら怖いと思うけど、絶対に遠子の方に倒したりしないから、安心してな」

「うん。彼方くんのこと信じてるから、大丈夫。怖くないよ」

にこりと笑って答えると、彼方くんが嬉しそうに笑った。

「じゃ、行くよ」

彼方くんが小走りに離れていく。首を傾けて見ていると、彼はずいぶんと遠いところまで行って、こちらを振り向いた。

地面に置いていたポールを両手で身体の右側に持ち、彼方くんはすっと深呼吸をする。

そのまま、風に乗るように、水に流れるように、滑らかな動作で走りだした。

徐々にスピードに乗って近づいてくる。彼がとんとんっとリズミカルに地面を蹴る軽やかな音が聞こえた。

私はまばたきをするのさえ惜しくて、目を見開いて彼を見つめ続ける。

一瞬たりとも見逃したくなかった。彼の動き一つひとつを見つめて、記憶に焼きつけておきたかった。

バーに近づいてくると、彼方くんの助走はさらにスピードに乗った。もう少し、というところで、斜めに持っていたポールを高く振り上げる。

空を横切る線がもう一本増えたように、私には見えた。

二本の白い線がきれいに垂直に交わり、空に浮かび上がる十字架のように見える。

息を呑んだそのとき、高く上がったポールの先端が一気に振り下ろされた。ものすごい速さで私に向かってくるように見える。

でも、怖くはない。

私は目を見開いたまま、それを見ていた。

ドンッという衝撃音がして、ポールの先が地面のボックスに突き刺さった。

その瞬間、彼方くんは地面を蹴り、その身体がふわりと地面から離れる。

ポールはぐうんと曲がって、曲がって、限界まで来ると、今度は反動で大きく逆方向にしなり、彼方くんの身体を前へと運んでいく。

私の目にはすべてがスローモーションのようにゆっくりに見えた。

だから、彼のすべてを心に刻みつけることができた。

重力に負けて地面へと落下していくポールとは反対に、彼方くんの身体は真っ逆さまになってぐんっと上昇する。

きれいに伸びきった足から空へ落ちていくように、空へと昇っていく。

高みに昇りきったとき、向こう側を向いていた彼方くんの身体がくるりと反転して、彼がこちら側を向いた。

息を呑むほど美しい澄みわたった青空を背負った彼が、真上から私を見下ろしている。

彼が小さく微笑んだ、ような気がした。

だから私も微笑み返した。

彼方くんが空を横切るようにバーを越えて、ひらりと反対側へ落ちていく。それを私はずっと目で追っていた。

彼が跳んだのはほんの一瞬のはずなのに、私には永遠のように長く感じられた。彼と一緒に跳んで、空を見たような錯覚《さっかく》を覚えた。

目を閉じる。

瞼の裏に、彼の姿をリプレイする。

棒高跳びのために鍛えあげられた、毎日毎日何十回も跳び続けた、空を舞うためにつくられた無駄ひとつないきれいな姿。その姿を見るだけで、彼がどれほど真剣に競技と向かい合ってきたのかが分かった。

だから彼方くんが跳ぶ姿はこんなにも美しいんだ、と私は思った。

彼がひたむきに頑張り続けてきた成果がそこに凝縮されているから、彼はきれいなんだ。

そして、私はそれを好きになったんだ。

彼方くんへの思いが溢れて、いつの間にかぽろぽろと涙がこぼれ落ちていた。

マットの上に寝転んだまま、私は両手で顔を覆った。

すぐ横でマットが沈む衝撃と、ぼすっという音がして、彼方くんが空から落ちてきた。

でも、顔を覆っている手を外せない。

「遠子」

大好きな声に名前を呼ばれて、私はそっと顔を横に向けた。指を少しだけ開いて、隙間から彼を見る。晴れやかな顔で彼が笑っていた。

「どうだった?」

すごかった、と私はくぐもった声で、でも笑いながら答える。

「見たことがないくらいきれいだった。ありがとう、彼方くん」

彼方くんが空を跳ぶ姿を、いちばん近くで見ることができた。そのことが、言葉にできないくらい嬉しかった。

「よかった」

ほっとしたように彼方くんが言って、どさりと横に寝転んだ。

ふたりで並んで空を見上げる。

涙がおさまってくれたので、私は手を外して身体の横に置いた。すると彼方くんも同じように身体の両側に腕を横たえた。

私の左手と彼方くんの右手が、かすかに触れ合う。

彼方くんの指が動いて、私の小指に少し触れた。

どきりと胸が跳ねる。よけるのも変かなと思って、硬直してしまう。

なにも言えずにいたら、彼方くんが「見て」と唐突に声を上げた。見ると、彼は反対の指で向こうを差している。

「あそこ」

彼が指差している先には、美術室があった。ちょうど私がいつも座っている辺りだ。

「ここで練習してるとき、いつも、あそこの窓で絵を描いてる女の子を見てた」

えっ、と声が洩れてしまった。彼方くんがくすりと笑う。

「いつも見てたんだよ。気づかなかった？」

「え……いつから？」

「四月の中旬くらいからかな」

「えっ!?」

部活を始めたころからということになる。

まさかそんな前から見られていたなんて。

ということは、私が彼方くんをときどき盗み見ていたのも、もしかして彼は知っていたのだろうか。

「毎日毎日欠かさず来て、暗くなるまで黙々と描き続けてて。すごいな、本当に絵が好きで、上手くなるためには努力を惜しまないんだなって思って」

「…………」

後半は彼方くんをこっそり見ている時間もかなり長かったなんて、恥ずかしくて言えない。

「そしたら、なんか、いつの間にか気になって。部活に来たら、とりあえず美術室の方をチェックするようになってた」

彼方くんが「やばい、ストーカー発言ぽいな」と苦笑したので、私はぶんぶんと首を横に振った。

「そんなことない。むしろ、う」

「う?」

「嬉しい……」

一瞬目を丸くした彼方くんの顔が、じわりと赤くなった。でも、私はその何倍も赤い顔をしていると思う。

「……俺さ」

彼方くんが赤い顔で空を仰《あお》いで、言った。

「遠子のこと、好きなんだ」

息が止まる。心臓が暴れすぎてうるさい。

「ずっと前から、知り合う前から。一生懸命に絵を描いてる姿を見て、好きになったんだ」

上手く息ができないので、なにも言えない。

「だから、数学の授業で隣の席になったの本当に嬉しかった。それで、めちゃくちゃ勇気出して遠子に声かけたんだ。マジで心臓爆発するんじゃないかってくらいどきどきしながら」

まさかあのとき彼方くんがそんな気持ちで声をかけてくれていたなんて、思いもよらなかった。

「英語がAクラスに上がったのも、遠子と同じ授業を受けたくて、勉強頑張った。夏休みになってからは、日陰で涼しいとかワケ分からない理由つけて美術室に通いつめて……。毎日あそこで会って話せるの、ものすごく嬉しかった」

「……私も、毎日彼方くんと話せるの、楽しみにしていたよ」

そう答えると、彼方くんが笑った。

「よかったー。毎日話しかけられてうざいとか、気持ち悪いとか思われてたらどうしようって、けっこう心配だったんだ」

そんなわけない。泣きたいくらい嬉しかった。

でも、そんな言葉だけでは、私の気持ちはきっと伝わりきらないと思った。

「私も彼方くんに見てほしいものがあるの。一緒に来てくれる？」

私がそう言って立ち上がると、彼方くんは少し不思議そうな顔をしながらも、「うん」と言ってくれた。

彼方くんを連れて美術室に戻る。帰宅時間が近くなっていたせいか、部員はもう誰もいなくなっていた。

私は、昨日描き上がったばかりの絵を棚から持ち出した。

「……あのね。どうしても、この絵を彼方くんに見てほしかったの」

ぱちぱちとまばたきをしている彼方くんが、少し可愛い。

私は裏返しにしていたキャンバスをひっくり返して、彼に見せた。

真っ青な空と、真っ白なバーと、それを軽やかに跳びこえる男の子。

その背中にはうっすらと翼《つばさ》が生えていて、その翼から離れた無数の羽根が、柔らかく真っ白な羽根が、果てしなく澄みきった青空へと吸いこまれていく。

跳んでいる横顔は、とても真剣な眼差しをしていて、でも、その口元は本当に嬉しそうに笑っている。

「……すごい」

彼方くんが呆然としたように声を上げた。

まぎれもなく、私の今まで描いた中で最高の出来だった。

深川先輩からもらった言葉を思いだす。

『本当に描きたいものを描けば、描きたくてたまらないものを描けば、その絵は絶対に、自分の中で最高の出来になる』

これまで何度も何度も、彼方くんを描いては消していた。どうしても描きたくて、でも描いてはいけないと思っていたから。

だけど今はもう、消さなくていい。

誰にも遠慮をせずに、描きたいだけ、描きたいように描いていい。

深川先輩の言葉は本当だった。描きたいものを思いっきり描くと、筆を動かしているだけであんなにも楽しくて、そしてできあがった絵がこんなにも愛おしいのだ。

「すごい……本当に、すごい絵だな」

彼方くんの言葉が、素直に嬉しい。

「うん……私の今まで描いた中で、いちばんの出来だと思う」

「うん」

「次の美術展に出そうと思ってるの」

彼方くんは驚いたように「えっ」と声を上げて、それからまたキャンバスに目を戻した。

「これって……俺だよな？」

「うん」

「俺の絵を、美術展に出すってこと？」

「うん」

「そっか……うわ、なんか恥ずかしいな」

彼方くんは照れたように笑った。

私は指先でそっと絵に触れて、ささやく。

「私から見たら、彼方くんは、こういうふうに見えたの。きらきらしてて、きれいで、そのまま空の向こうに飛んでいってしまいそうなくらい、どこまでも永遠に飛べそうなくらい」

「……うん」

「なんて楽しそうに跳ぶんだろう、って思った。目を奪われて見つめてて、いつも見てて……そしたら」

やっぱり素直に言うのは難しくて、恥ずかしくて、言葉が出てこなくなってしまった。

「……あのね、ある先輩から、言われたんだ。『好きなものを堂々と描け』って。だから、描いたの」

好きなものを、思いっきり描いてみたかった。

だから、君を描いた。

伝わるかな、この思いが。

「……好きなものを？」

彼方くんがちらりと私を見る。

私は笑って、絵の中の彼方くんを小さく指差した。

「うん。好きなものを、描いたの」

それが、私の精いっぱいの告白だった。これ以上はもう、顔が熱くて、息も苦しくて、言えそうにない。

これでちゃんと伝わっただろうか。私がどれほど彼方くんのことを好きかってこと。

「もう一回確認だけど、これって、俺だよな？」

「うん、そうだよ」

くすりと笑いながら答えた。

しばらくぽかんと私を見つめていた彼方くんが、唐突に、

「やったー!!」

と叫んだ。

驚いて固まっているうちに、彼方くんの両腕が伸びてきて、瞬間、包まれた。

抱きしめられてる、と気づいて、頭が真っ白になる。

この前の遠慮がちな柔らかい抱き方ではなくて、息もできないくらいに強く、強く抱きしめられている。

顔を上げると、すぐ近くに彼方くんの顔があった。恥ずかしすぎて、なんだか笑えた。すると彼方くんも噴きだして、それから声を上げて笑い始めた。

ひとしきり笑い合って、ふと窓の外の空を見たとき、棒高跳びのバーが目に入った。

残像のように、さっきそこを横切っていった彼方くんの姿がよみがえる。

「……描きたいな」

思わずつぶやいた。彼方くんが私を抱きしめたまま、「ん？」と優しく訊ね返してくれる。

「さっき見た光景を、絵にしたい。青く青く晴れ渡った空を描いて、それを真っ二つにする真っ白なバーを縦に描く」

私は目を閉じて、まだ存在しない絵を瞼の裏に思い浮かべる。

「そして、真ん中に、空を横切って鳥みたいに軽やかに跳んでいく彼方くんを描くの」

それはとてもすてきな絵になる気がした。

昨日描きあげたこの絵が、私のすべての気持ちをこめて描いた最高傑作だと思ったのに、もっともっといい絵が描けるような気がしてきた。

きっとその絵は、今までにない最高の出来になる。

「ああ、早く描きたいな……」

ひとり言のようにつぶやくと、隣で彼方くんが笑った。

「本当に絵が大好きなんだな、遠子は。ちょっと妬けちゃうな」

からかうように言われて、私も胸の高鳴りを感じながら言い返す。

「彼方くんには言われたくないなあ。だって、棒高跳び大好きでしょ？」

すると彼方くんが「たしかに！」と言って、

「俺たち似た者同士なんだな」

顔を見合わせると、自然と笑いが込みあげてきた。

くすくすと笑い合いながら空を見る。

ふたり分の幸せな笑い声が、真っ白で軽やかな羽根になって、ふわふわと空へ舞い上がっていくのが見えたような気がした。

私はこれからもきっと、何枚もの絵を描くことになるんだろう。

彼方くんと過ごす時間が増えれば増えるほど、一緒に見た景色が増えていって、思い出が重なっていって、きっとどんどん思いは強くなって、描きたいものが増えていくのだろう。

そして、そのたびに私は新しいキャンバスを手に取る。昨日描いた絵より、今日描いている絵より、明日描く絵はきっと、ずっとすばらしいものになる。

だから私は、明日も君の絵を描く。

そうやって、どんどん〝好き〟が積み重なっていく。

なんてすてきなことなんだろう。

人を好きになるということは、何枚もの絵を描いていくように、相手を思う気持ちやふたりだけの思い出を、丁寧に大切に積み重ねていくことなんだ。

そして昨日より、今日よりもっと、明日のほうが思いが強くなる。今までよりずっと、明日の君が好きになる。

〝好き〟に終わりはない。

彼方くんに恋をして、私はそれを初めて知った。

番外編

やがて、愛に変わる

「彼方くん」

遠子が俺を呼ぶ声が好きだ。

こんなに柔らかく、優しい響きで名前を呼ばれたのは生まれて初めてだ。

その声を聞くたびに、ぽっと光が灯ったように心が明るく、温かくなる。

こんな気持ちにさせてくれるのは、彼女だけだ。

優しくて穏やかで、脆そうに見えるけれど芯は強い。自分の好きなことに対して真面目で真っすぐで、地道にひたむきに努力することができる。その姿は、少し結果が出なくなるだけですぐに落ちこんでしまう俺に、自分も彼女を見習って頑張らなきゃ、と思わせてくれる。そういうところも好きだ。面と向かって言うのは恥ずかしいけれど、完璧な彼女だと思っている。

彼女は俺にとって本当に特別で、誰にも代えられない大切な存在だった。

でも、欲を言えばひとつだけ、不満があった。

「……ねえ、彼方くん」

「ん？」

「も、もうちょっと離れて、歩かない？」

　ほら、また出た。俺は思わず小さく苦笑した。

「なんで。付き合ってるんだから、並んで歩いて当然だよ。ていうか、俺がそうしたいんだけどなあ」

「あっ、うん、それは私も……でも、あの、学校では恥ずかしい……」

　遠子は辺りを気にするようにきょろきょろした。

　俺たちは今、部活を終えて下校しようと校門に向かっている。

　周りには部活生がたくさんいて、その中にはカップルだっている。くっつきそうなほどに肩を寄せて歩いたり、大胆にも手をつないでいるやつまでいる。

　でも、遠子は俺から一歩、二歩ほど離れたところを歩いているのだ。いつものことだけれど、寂しくなる。正直に言うと、少し不満だ。俺だって彼女と並んで歩きたいし、なんだったら手もつなぎたい。

「もう五ヶ月も経つんだし、そろそろ慣れてくれると嬉しいんだけどな」

「……恥ずかしいよ、何ヶ月経っても……」

　遠子はもごもごと言う。

「だって、私なんかが彼方くんの、か、彼女とか……当たり前みたいに隣歩いてたら、なに調子乗ってんのとか思われちゃいそうだし……」

唇を少し尖らせて、どこかいじけたような口調だ。可愛い、と俺は心の中でこっそり思う。

彼女はどうやら、自分と俺が釣り合わないと思っているらしい。どういうこと、と一度たずねたら、『彼方くんは人気者でかっこいいから』『私は地味だし可愛くないし』『彼方くんと付き合えたのは奇跡だと思う』と真剣な顔で言っていた。

そんなことは全然ないのに。むしろ俺のほうが、俺なんかに遠子はもったいないと思っているくらいなのに。

遠子はとても思慮深くて、真面目で優しくて、しかも可愛い。くりくりした瞳や小さな唇、小柄な身体、肩できれいにそろった黒髪。まるで人形みたいに可愛くて、守ってあげたいというか、抱きしめたくなる感じで、なんとも愛おしい。

いやいや、抱きしめたいだなんて。自分の考えが恥ずかしくなって、俺は小さく咳払いをした。

「誰がなんと言おうと、俺にとって遠子は特別に大事な人なんだから、私なんか、なんて思わなくていいよ」

なんとか彼女の気持ちを上向かせたくて、こっぱずかしいと思いながらも言ってみた。彼女は顔を真っ赤にして「ありがと」と小さくささやいたけれど、やっぱり隣には来てくれない。

もしかして、特別という俺の言葉を、あまり信じられないのかもしれない。本当に、本当に特別な存在なのに。

初めて美術室の窓にその姿を見つけたときから、俺にとって遠子は、とても気になる、目を引かれずにはいられない、他の人とは違う存在だった。

でも、彼女が俺にとって本当に特別になったのは、あのときだったと思う。中学のときに助けられなかった幼なじみ、林《はやし》についての話をしたとき。

誰にも打ち明けられなかった思いを、不思議ととても自然に、彼女には話すことができた。

そして、俺が一歩踏みだすきっかけをくれたのも、彼女だった。

俺は林のことがずっと心に引っかかっていて、でも、もうどうしようもないと諦めていた。きっと彼がいちばん助けてほしかったときになにもできずに見て見ぬふりをしていた自分が、何年も経った今になってなにか行動を起こしたとしても、今さら遅いと思われるだけだと、自分に言い訳をしていた。

でも、そんな俺の臆病で後ろ向きな考えを、遠子が変えてくれたのだ。

親友と仲違いしてしまったときに、彼女が言っていたこと。

『遥と仲直りがしたい』

『自分の気持ちをちゃんと伝えないと、だめだよね』

『どうしてそうなったか、理由を説明してちゃんと謝って。それで、遥のことが大事だから仲直りしたい、っていう気持ちをきちんと伝えなきゃだめだよね』

その言葉に、はっとした。

俺は、もうだめだから諦めるしかないと思いこんでいた。謝ることも理由を説明することも今さら遅いと、初めから諦めていた。

でも、そうやって俺の心の中でだけ後悔していたって、いつまで経っても彼には伝わらないのだ。

『彼方くんの「俺が助けてあげたい」って言葉だけで、私はものすごく救われたよ。味方になってくれる、私の気持ちに寄り添ってくれる人がいるって分かっただけで、すごく救われた』

『彼方くんはもう、前とは違うんだよ』

そう言ってくれた彼女の気持ちに、ちゃんと報いなければいけない。そう思った俺は、三年越しにやっと、林の家を再び訪ねることができたのだ。

中学のときは会ってくれなかった彼が、今回は出てきてくれた。久しぶり、と声をかけると、久しぶりと返してくれた。

あのときのことを謝りたい、と告げて、どうして行動を起こせなかったのか、自分の情けない心情も全部説明した。

『今さらなんだよ……』

　林は困ったような、少し泣きそうな顔をして、それから小さくつぶやいた。

『……でも、ありがとう』

　責められるとばかり思っていて、まさかありがとうと言ってもらえるなんて予想もしていなかったから、驚きと嬉しさで俺は少し泣いてしまった。

　それから少し話をして、彼は今通信制の学校に通っていること、歌も地域の合唱団で続けていること、引きこもっている間にパソコンで音楽を作る技術を独学で身につけて今は夢中になっていることなどを教えてくれた。

『引きこもりはじめたころに、羽鳥が一回家に来てくれただろ。どんな顔すればいいか分からなくて会えなかったけど、けっこう嬉しかった。あの日から少しずつ、学校以外に目を向けて、自分の人生を考えられるようになったんだよ。ありがとう』

　そんな嬉しいことも言ってくれて、俺はまったく力になんてなれなかったけれど、やろうとしたことは少なくとも無駄ではなかったのだと思えた。すごく力が湧いてきて、勉強も部活も前より集中できるようになった。

　林とは今もときどきＳＮＳでやりとりをしたりしている。

　絶えてしまった糸をもう一度結ぶことができたのも、今の俺が頑張れているのも、全部遠子のおかげだ。

「じゃあさ、今度、どっか遠くに遊びに行こうよ」

俺の唐突な誘いに、遠子は目をまんまるに見開いた。

「え……っ」

「ほら、学校から離れたら、並んで歩くのも恥ずかしくないだろ？」

彼女が恥ずかしいと言うのなら、俺も校内で無理にくっついて歩いたりはしたくない。それに俺だって、友達や部活仲間からからかわれるのを気にしてしまって、あまり近づくのも恥ずかしいという気持ちがある。

でも、やっぱり、カップルらしく肩を並べて、そしてあわよくば、手をつないで歩いたりしてみたい。

それで思いついたのが、遠出をするということだった。

部活のない休日に、近くのショッピングセンターにふたりで出かけたことは何度かあったけれど、そこは同じ高校の生徒たちがよく遊びに行く定番の場所なので、感覚的には校内と同じで、俺たちはやっぱり離れて歩いていた。

でも、知り合いに会う可能性の低い場所なら、少しは羽根を伸ばせるかもしれない。

「ベタだけど遊園地とか、動物園とか水族館とか、どうかな。あ、ベタだから高校のやつに会っちゃうかな……」

「私、水族館行きたい」

遠子が珍しくはっきりと主張した。しかも、目を輝かせて。

「水族館のイルカショー、スケッチしてみたいなと思ってたの。今、躍動感のある表現が自分的に課題でね、動きのあるものを描いてみたくて」

俺は思わず噴きだしてしまった。デートに誘ったつもりなのに、彼女はこんなときまでストイックに絵の研究をしようとしている。さすがだ。

「じゃあ俺も、ダイナミックなジャンプの仕方をイルカに教えてもらうつもりで、しっかり観察しよう」

そう言うと、今度は彼女が「相変わらずストイックだね」と噴きだした。

「遠子だって」

「いやいや、彼方くんこそ」

俺たちは顔を見合わせて笑った。

＊

翌週の休日、都心の水族館に出かけた。

日曜ということもあって人はたくさんいたけれど、同じ学校の生徒に会うこともなく、たっぷり五時間以上かけてゆっくりと館内を見てまわった。

イルカショー、アシカショー、シャチの巨大水槽、マイワシのトルネード。ふわふわ漂うクラゲ、おぼつかない足どりで散歩するペンギン、触れあい広場のヒトデ。

遠子はとても楽しそうにはしゃいでいて、しかも照れくさそうではあったけれど俺のすぐ隣を歩いてくれた。イルカショーを見ているときには、席の間隔が狭いこともあって肩が何度も触れあい、そのたびにお互い真っ赤になって「ごめん」と謝った。

「そろそろ出ようか」

あまり帰りが遅くなるといけないので、四時を過ぎたあたりでそう言うと、彼女は少し残念そうにうなずいた。

水族館をもっと見たかったのか、それとももしかして、俺と別れるのが名残惜しいのか。そんな恥ずかしい物思いをしながら人ごみの中を出口に向かっていたとき、ふいに遠子が「あっ」と声を上げた。

「ん？　どうした？」

落とし物でもしたのかと視線を向けると、彼女は横を向いて驚いたように目を丸くしていた。

「深川先輩だ」

俺も彼女の視線を追う。

そこには、美術部の部室や全校集会の表彰式で何度も見かけたことのある、二年の先輩の姿があった。真っ白な髪や独特の奔放《ほんぽう》な雰囲気でとても目立つ人だ。美術室で会ったときに挨拶をしても、仏頂面でキャンバスを見つめたまま『んー』と小さく返ってくるくらいで、俺の中では、無愛想でちょっと怖そうな先輩、というイメージだった。

すると、奥の方から、こちらもまた見たことのある女の先輩がやってきて、深川先輩に駆けよった。手に土産物の紙袋を持っている。「あっ、茜《あかね》さんだ」と遠子がつぶやいた。

「お待たせ、青磁《せいじ》」

「おう、めちゃくちゃ待ったわ」

ふたりは仲睦《なかむつ》まじげに会話を始める。

「ちょっとー、そこは『全然』って答えるところでしょ」

「待ったから待ったって言ってなにが悪い」

「もー、ほんと社交辞令って言葉を辞書で引いてほしい」

お互いにずけずけと言い合っているけれど、顔には笑みが浮かんでいて、距離も近いし、本当に仲がいいのが伝わってくる。

「うるせえなー。で、なに買ったんだよ」

「妹にイルカのキーホルダー。一緒に行きたいって言ってたんだけど、今日はだめって断っちゃったから、お詫《わ》びにね」

「ほー、俺とのデートを邪魔されたくなかったわけか」

茜さんは少し照れたように頬を赤らめつつも、「ちがーう」と怒ったふりをする。

「青磁が不機嫌になるかなと思ったの、私とのデートを邪魔されたら。だって私のこと大好きだもんね！」

「はあ？　なに言ってんだか。先行くぞ」

深川先輩は肩をすくめてつかつかと歩きだす。

「ちょっと待ってよー」

慌てて追いかけようとした茜さんが、近くを小走りで歩いていた人にぶつかられ、「わっ」と声を上げて軽くよろけた。

「おい、大丈夫か」

深川先輩はすぐに振り向いて彼女の手をつかむ。そのまますするりと指を滑らせて、ごく自然に手をつないだ。

「ったく、しっかりしろよなー」

あきれたようにぼやいているけれど、その顔にも声にも眼差しにも、優しさがにじんでいる。

ふたりはなにか話をしながら、手をつないだまま出口に向かった。

「……先輩に声かけなくていいの？」

隣で微動だにしない遠子に声をかけてみる。彼女は少し眉を下げて、

「ちょっと声かけられる雰囲気じゃなかったね」

と笑った。

「だな。誰も間に入れないって感じ。俺、深川先輩って勝手に怖そうなイメージだったから、あんな顔するんだーってちょっとびっくりしちゃった」

「それは私も同じだよ。最初は怖い人と思ってて、実際話すとそんなことなくて親切にしてくれたんだけど、でもやっぱり無口で無愛想なイメージだったから、茜さんとふたりのときはあんな感じなんだーって……なんか、すごいね」

「うん……やっぱり恋人同士って……」

言いかけたそのとき、また遠子が「あっ」と小さく叫んだ。真っすぐに前を向いたまま目を大きく見開いて、完全に硬直している。

「遥……」

そのつぶやきに、驚いて俺は彼女の見ている方向へ目を向けた。

広瀬さんが、エレベーター横の壁に寄りかかるように立っている。

そしてその隣には、金色に近い薄茶のふわふわの髪に、驚くほど色白な肌をした、同い年くらいの男の子がいた。

その顔立ちは、男にこんな言葉を使うのはおかしいかもしれないけれど、天使のような、という表現がいちばんぴったりくる。大きな目にくっきりとした二重瞼、瞳の色もずいぶん薄くて、ハーフなのかな、と俺は思った。

ふたりは館内案内らしき紙を覗きこんで、順路をなぞるように指を動かしていた。男の子は手にメモ帳とペンを持って、なにかを書いては広瀬さんに見せていた。彼女はそれをじっと見て、顔を上げるたびににっこりと笑って彼を見つめる。

広瀬さんはいつも明るく笑っている人だけれど、今の顔は学校で見るのとは全然違う笑い方に見えた。そして男の子のほうも、そのきれいな顔に、本当に愛おしげな微笑みを浮かべて彼女を見つめている。

ふたりの間には、本当に温かくて穏やかな、優しい空気が流れていた。大切に思いあっているのが伝わってくる。

「上手くいってるんだ……よかった」

遠子がぽつりと独りごとのように言った。

でも、すぐに少し悲しげな色を瞳に浮かべる。

「私がそんなこと言うのもよくないな……」

どうして？とたずねると、彼女は困ったように笑う。

「遥が一緒にいたあの人ね、天音《あまね》くんって人なんだけど、一度彼のことで相談を受けたことがあって」

「そうだったんだ」

「……彼方くんのことで遥を傷つけた私が、他の男の子と上手くいってよかったと思うのは、すごく利己的で自分勝手だなって、今ひっそり反省してた」

遠子は静かに言う。

「まるで、自分がつけた傷が、そのおかげでなくなるとでも思ってるみたい……一度でも傷つけた事実は、一生消えないのにね。他の人と幸せになったところで、私がやってしまったことは変わらないのに……」

こんなふうに周りに気をつかいながら生きるのは大変だろうな、と俺は思った。

相手に直接なにかを言ってしまったわけでもなく、ただ心の中でひとり思っただけのことをこんなふうに悔やむのは、とても疲れるだろうし、必要以上に自分を責めて、傷つけて、追いこんでしまうこともあるだろう。

「遠子」

呼びかけて、そっとその手を握る。彼女は驚いたように目を上げた。

そんなことない、と言うのは簡単だけれど、そんなその場しのぎのことは言いたくない。

実際に、誰かにつけてしまった傷は、傷つけてしまったという後悔は、消えないと思うから。

「傷つけてしまった過去は変わらないけど、これから少しでも相手のためになることを、していきたいね」

遠子はゆっくりとまばたきをして、それから涙をぽろりとこぼした。そして泣きながら、「うん」と微笑んだ。

いつもなにもかも自分の中に抱えこんでひとりで悩み苦しむ彼女が、こんな脆い面を見せてくれるのは、きっと俺にだけだ。

さっき見た深川先輩や広瀬さんの様子を思いだす。学校では見られない、心を許した特別な人だけに見せる顔。

恋人というのは、誰にも、もしかしたら家族にさえも見せない顔を、唯一見せられる相手なんだと思う。

彼らと同じように俺も、他の人には見せない顔を遠子には見せている。たぶん彼女もそうなのだ。そうだと嬉しい。

だから、俺が遠子の隣で、その傷つきやすい心を守ってあげたい。

彼女がその言葉で俺の後悔を救ってくれたのと同じように。

そうやって、互いに傷を抱えながら、支えあって、生きていく。
強く強く、そう思った。

【完】

あとがき

このたびは、数ある書籍の中から『だから私は、明日のきみを描く』を手にとってくださり、誠にありがとうございます。

本作は、『夜が明けたら、いちばんに君に会いにいく』という作品のスピンオフとして、二〇一八年に刊行された作品が文庫化されたものとなります。読者の皆様の応援あってこそ、このような貴重な機会がいただけました。本当にありがとうございます。

私は小説を書くとき、まず「どんな人に読んでもらいたいか」、どんな悩みを抱えている人に読んでもらい、どんな気持ちになってほしいか、ということから考えることが多いです。

そして、思い描いた仮想の読者の方と同じような悩みをもつ主人公像を考え、その悩みを解決するためにはどんな言葉が役に立てるか、という観点からストーリーやセリフを組み立てていきます。

これまでの作品では、生きづらさを抱えている人、周囲を気にしすぎて自分らしく生きることができずに苦しんでいる人を描くことが多かったのですが、本作は、（遠子もそのような面はあるのですが）恋愛をめぐる葛藤がメインテーマという、私としては珍しいタイプの作品です。

他の作品ではあくまでも恋愛は付随的なもので、主に思春期における自我の葛藤を扱っていますが、やはり恋愛の悩みというのは人生において少なくないウェイトを占めると思いますし、特に学生時代はそれが強いのかな、と思います。

主人公の遠子が抱える恋の悩みは、ただ相手との関係によって生じるものではなく、そこに友情の問題が絡んできます。

恋をとるか、友情をとるか。とても難しい問題ですし、しかも正解はないと思います。正解のない難題を前に、手探りで足掻いて自分なりの答えを見つけていく遠子の姿を、ぜひ最後まで見守っていただけましたら幸いです。

また、遠子の親友かつ恋のライバルとして登場した遥という少女を主人公にした『まだ見ぬ春も、君のとなりで笑っていたい』というスピンオフ作品もありますので、よろしければ遥の葛藤と奮闘も見守ってあげていただけたら嬉しいです。

汐見夏衛

この物語はフィクションです。実在の人物、団体等とは一切関係がありません。

本作は二〇一八年一月に単行本『だから私は、明日のきみを描く』として刊行されたものを、一部加筆・修正して文庫化したものです。

汐見夏衛先生へのファンレターのあて先
〒104-0031　東京都中央区京橋1-3-1　八重洲口大栄ビル7F
スターツ出版（株）書籍編集部 気付
汐見夏衛先生

だから私は、明日のきみを描く

2020年11月28日　初版第１刷発行
2022年４月22日　　　第10刷発行

著　者　　汐見夏衛　©Natsue Shiomi 2020

発 行 人　菊地修一
デザイン　フォーマット　西村弘美
　　　　　カバー　粟村佳苗（ナルティス）
発 行 所　スターツ出版株式会社
　　　　　〒104-0031
　　　　　東京都中央区京橋1-3-1　八重洲口大栄ビル7F
　　　　　出版マーケティンググループ　TEL 03-6202-0386
　　　　　（ご注文等に関するお問い合わせ）
　　　　　URL　https://starts-pub.jp/
印 刷 所　大日本印刷株式会社

Printed in Japan

ISBN　978-4-8137-1008-0　C0193

今話題の
汐見夏衛が贈る、青春恋愛小説
続々重版中！
夜が明けたら、いちばんに君に会いにいく
汐見夏衛・著
本体：1200円＋税
思いもしなかったんだ。私の世界が変わるなんて。
私の死にかけた心をはげしくゆさぶったのは、君でした。
ある事情から優等生を演じている茜。そんな茜を見抜くように、隣の席の青磁から「嫌いだ」とはっきり言われショックをうける。自由奔放な彼を嫌っていた茜だけど、孤独と窮屈さでどうしようもなくなっていた自分を救ってくれたのは、青磁だった。青磁の隣で過ごす時間は、茜の気持ちをゆっくりと溶かしていき…。少年の秘密とタイトルの意味を知った時、涙が止まらない！
ISBN：978-4-8137-9011-2
感動の声、続々！
何度も壁にぶつかることがあるけど、この本を読んだら吹っ切れる気がします！（ニーナさん）
読み終わったとき、気づいたら涙が出ていて、自分でもびっくりしました。（＊星屑＊さん）

スターツ出版文庫　好評発売中!!

『理想の結婚お断りします～干物女と溺愛男のラブバトル～』　白石《しらいし》さよ・著

某T大卒で、一流商社に勤める紺子。学歴は高いが恋愛偏差値の低い筋金入りの干物女子。完璧に見える紺子には致命的な欠点が…。その秘密があろうことか人事部の冷酷無慈悲なイケメン上司・怜二にバレてしまう。弱みを握られ、怜二を憎らしく思う紺子。そんな中、友人の結婚式にパートナー同伴で出席を求められ大ピンチ！しかし、途方に暮れる紺子に手を差し伸べたのは、冷酷無慈悲なはずの怜二だった。彼はある意地悪な条件付きで、偽装婚約者になると言い出して…!?

ISBN978-4-8137-0990-9／本体600円+税

『明治ロマン政略婚姻譚』　朝比奈希夜《あさひなきよ》・著

時は明治。没落華族の令嬢のあやは、妾の子である故に、虐げられて育った。急死した姉の身代わりとして、紡績会社の御曹司・行基と政略結婚することに。麗しい容姿と権力を持つ完璧な行基。自分など釣り合うわけがない、と形だけの結婚として受け入れる。しかし、行基はあやを女性として扱い、宝物のように大切にした。あやにとって、そんな風に愛されるのは生まれて初めての経験だった。愛のない結婚のはずが、彼の傍にいるだけでこの上ない幸せを感じるようになり…。孤独だった少女が愛される喜びを知る、明治シンデレラ物語。

ISBN978-4-8137-0991-6／本体630円+税

『たとえ、僕が永遠に君を忘れても』　加賀美真也《かがみしんや》・著

母が亡くなったことで心を閉ざし思い悩む高１の誠。そんな彼の前に、突然千歳という天真爛漫なクラスメイトが現れる。誰とも関わりたくない誠は昼休みに屋上前でひっそりと過ごそうとするも、千歳が必ず現れて話しかけてくる。誠は日々謎の悪夢と頭痛に悩まされながらも、一緒に過ごすうち、徐々に千歳の可愛い笑顔に魅力を感じ始めていた。しかし、出会ってから半年経ったある日、いつものように悪夢から目覚めた誠は、ふたりの運命を引き裂く、ある過去の記憶を思い出し…。そして、彼女が誠の前に現れた本当の理由とは——。時空を越えた奇跡の青春ラブストーリー！

ISBN978-4-8137-0992-3／本体620円+税

『鬼の花嫁～運命の出逢い～』　クレハ・著

人間とあやかしが共生する日本。絶大な権力を持つあやかしの花嫁に選ばれることは憧れであり、名誉なことだった。平凡な高校生・柚子は、妖狐の花嫁である妹と比較され、家族にないがしろにされながら育ってきた。しかしある日、類まれなる美貌を持つひとりの男性と出会い、柚子の運命が大きく動きだす。「見つけた、俺の花嫁」―。彼の名は鬼龍院玲夜―あやかしの頂点に立つ鬼だった。玲夜から注がれる全身全霊の愛に戸惑いながらも、柚子は家族から逃れ、玲夜のもとで居場所を見つけていき…!?

ISBN978-4-8137-0993-0／本体630円+税

書店店頭にご希望の本がない場合は、書店にてご注文いただけます。